三看金庸小說

倪匡——著

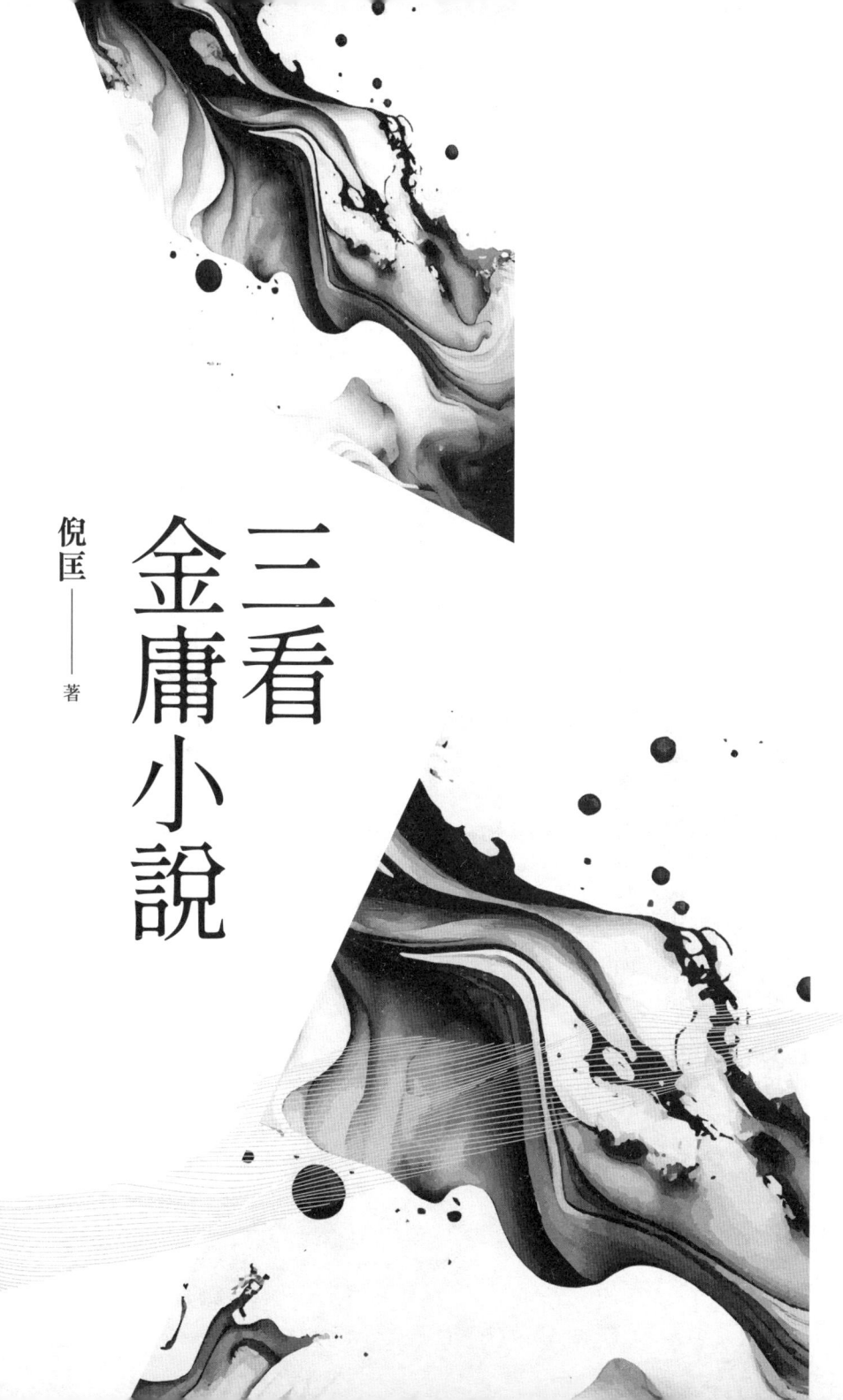

—前言—

武俠小說的獨特創作形式

《我看》、《再看》之後，《三看》出爐。在《三看》正文之前，覺得有必要比較詳細一點，介紹一下武俠小說這種中國特有的文字創作形式。

◆中國特色和翻譯上的困難

武俠小說是中國特有的，只要是武俠小說，不論創作者的筆法如何，功力如何，所採取的結構如何，都一眼就可以看出來，那是中國的，像中國的畫、中國的音樂一樣，不會和其他任何國家混淆。

武俠小說可以說是如今用中國文字創作的文學作品之中，唯一有如此鮮明特色的文學作品。除武俠小說以外的任何形式的現代文學創作，都沒有這個特點。

由於武俠小說是百分之百中國化的，所以介紹給國外的讀者，就有相當的困難，在翻譯的過程之中，會遭遇到極大的困難。《水滸傳》有英譯本，任何看過《水滸傳》的中國人，看到了《水滸》的英譯本，都會有啼笑皆非之感。金庸小說中的《雪山飛狐》，也曾有片段在美國被譯成英文，刊在《BRIDGE》雙月刊，還有洋化的插圖，十分有趣，譯者 Robin Wu 君，可能是中國人，當然一定是武俠小說的愛好者。

Wu 君在譯文之首，有一段引言，簡略地介紹武俠小說。這段簡短的引言（見《雪山飛狐》彩頁圖片），寫得不算很好，對武俠小說的了解程度，也不夠透徹，但是他指出了一點別人未曾指出過的地方，那就是在武俠小說中，男女的地位是完全平等的。

在長期歧視女性的中國社會中，武俠小說並沒有這種陳腐的觀念，這是很奇特的一種現象，武俠小說的寫作人，未必個個都力主男女平等，但不論他自身的觀念如何，筆下無法輕視女性。反而，在武俠小說之中，現實社會中的弱者，會是強者：「三不欺」是行走江湖的戒言，「三」之中，就包括婦女和小孩在內。

有從心理學的觀點，指出讀者之喜愛武俠小說，是因為武俠小說是超現實的，讀者可以在神話般的描述之中，使得現實生活中所受的抑遏，得到一定程度的發洩。這種說法，有一定的道理。但武俠小說也不是完全超現實的。武俠小說只能說是把現實沉溺、強化，是經過提煉的一種創作法，而不是就這樣的寫實。

而讀者之熱愛好的武俠小說，也絕不是在武俠小說中可以感到一種虛幻的精神發洩和寄託那麼簡單。像金庸的武俠小說，讀者完全是抱著極度欣喜和崇敬的心理，將之當作文學作品來欣賞的。

忽然扯開了些，再回到翻譯的問題上來，不妨揀一小段來比較一下英譯和原文，那是十分有趣味的事：

英譯：

Whisk! An arrow flies from behind a mountain in the east. The shrill sound of the arrow testifies to the strength of the shooter's wrist. The arrow pierces the neck of a swallow in flight and sends it tumbling from the sky to the snow-covered ground below.

From the west, four horsemen ride across the snow. They stop at the sound of the arrow. Marveling at such a feat, they wait to see who the shooter is; but nobody emerges from behind the mountain. One of the four horsemen, a tall, lean and elderly man, sensing the shooter has gone the opposite way, rides forward to check. The other three follow. When they come to the other side of the mountain, they can only faintly see five horsemen a mile away. Something is suspicious here, says the elderly man.

原文是：

颼的一聲，一枝羽箭從東邊山坡後射了出來，嗚嗚聲響，劃過長空，穿入一頭飛雁頭中。大雁帶著羽箭在空中打了幾個斛斗，落在雪地。

西首數十丈外，四騎馬踏著皚皚白雪，奔馳正急。馬上乘客聽得箭聲，不約而同的一齊勒馬。四匹馬都是身高肥膘的良駒，一受羈勒，立時止步。乘者騎術既精，牲口也都久經訓練，這一勒馬，顯得鞍上胯下，相得益彰。四人眼見大雁中箭跌下，心中都喝一聲采，要瞧那發箭的是何等樣人物。

等了半晌，山坳中始終無人出來，卻聽得一陣馬蹄聲響，射箭之人竟自走了。四個乘客中一個身材瘦長、神色剽悍的老者微微皺眉，縱馬奔向山坳，其他三人跟著過去。轉過山邊，只見前面里許外五騎馬奔馳正急，鐵蹄濺雪，銀鬣乘風，眼見已追趕不上。那老者一擺手，說道：「殷師兄，這可有點兒邪門。」

因為在這一小段的引文之中，可以發現不少有趣的問題，所以將之不嫌其煩地引用。在引用原著處，文字之旁加上「……」側線的，是說明英文翻譯中的誤譯；「——」側線，則表示是漏譯。

要說明的是，用這段英譯來說明武俠小說翻譯成外國文字之難，並不是好例子，因為譯者的文字功力，顯然不夠。由金庸自己來翻譯，一定會好得多。但由於這是眼前唯一可以引用的例子，所以也無可奈何。

其中，原著漏譯的部分，可能是由於譯者採用節譯的方法，故意漏去，可以不論，像「鐵蹄濺雪」這樣優美的文字，只要有一定的文字運用能力，各國文字也皆可以表達，不成問題。

問題在於有些名詞，如「師兄」，這是在武俠小說中一個極其普通的名詞，甚至在口語中，也是使用極其頻繁的一個詞，如何翻譯呢？

武俠小說讀者，一看到「師兄」這個簡單的名詞，就完全可以知道那是怎麼一回事，這其中，牽涉到門派、同門學藝，一種僅次於師長的尊嚴和地位，一種不由血緣而來的兄弟關係，又截然不同於血緣關係的兄弟。師兄和師弟之間的關係，只有中國人或對中國社會結構、人際關係有透徹了解者，才能一提就明白。

就那麼一個極其簡單的名詞，就可以成為翻譯中的大礁石。

梁實秋教授的英文程度之高，是沒有人會懷疑的了，在他所編的《最新實用漢英詞典》之中，「師兄」也沒有一個簡單的英語名詞可以替代，而是：「An elder (male) fellow student under the sanre master or tutor」。解釋無疑是詳細而清楚的，但是，一聲「殷師兄」，難道在「殷」字之下，加上這一串解釋麼？那成了滑天下之大稽了，當然，也不能簡稱為「Brother」，前面已解釋過，「師兄」是另外一種人際關係。

「師兄」只不過是隨便拾出來的一個例子，在武俠小說之中，這樣的例子，隨手可拾者，不知凡幾。

（小女聽到這一段意見之後，說耶穌基督眾門徒之間的稱呼「Brethren」庶幾近之，可供參考。一字之微，也要經過如許斟酌，翻譯工作實在太難了。）

作為例子的英譯中有一個名詞的誤解，「雁」譯成了「燕」。譯錯一個名詞，本來是一樁小事，但在武俠小說中，牽涉卻甚大。一箭射中了一隻燕子的脖子，看起來未免有滑稽感。一箭射中了雁頭，那就不同。在中國傳統文學中，箭和雁，很有點密切的關係。一看到那一節原著，我們會聯想到薛丁山射雁，會想到小李廣花榮射雁，等等，也會想到有關雁的成語、詩、詞，等等。

所以，就算那一段譯文，將雁譯成了「Wild Goose」，一樣神韻不存。

說起來相當妙：武俠小說的讀者，最好也要是中國人才行。

金庸的小說，即使在武俠小說特有的風格上，翻譯之後會大打折扣，但由於金庸小說本身是上佳的小說，還是可以翻譯成外國文字的，西方文字和中國文字的距離太遠，捨遠而求近，其實很可以從翻譯成其他東方文字開始，例如日文。

要將金庸小說翻譯成日文，其實並不是難事。早十多年，蔡瀾、岳華都有此意。蔡瀾精通日文，中文根底也好，不知為什麼始終未見動手？據知金庸本人也曾進行過，曾託翁倩玉的父親找日本作家精通中文者來翻譯，可是幾年來，還未見成績。（編按：日本德間書店自一九九六年到二〇〇四年，已陸續出版五十五卷日文版金庸武俠小說集。）

自己有好東西，總想向他人炫耀一下，所以亟希望除了中國人之外，叫世界各地的人都知道中國有這樣出色的一位小說家在，各方有心人，如在這方面可以有辦法者，亟請積極進行，使外國人對中國小說有更高的認識，本人將希望放在金庸小說上。

又，古龍的一部武俠小說《歡樂英雄》，據說已改譯成英文，快將出版了。古龍小說如何，將另有專論，不在本書範圍之內，其所以提出這一點來，是想說明一點，儘管有許多人到現在還在看不起武俠小說，但是相當懂小說的外國人，倒絕不輕視這一種中國特有的文學創作。

還有一點值得一提的是，有一次在台北，酒後倦怠，請了一位按摩師來按摩，隨便談起，問及職業，告以寫作，這位按摩師竟然尋根究底，問：「你寫些什麼？筆名是什麼？」

當時心想，按摩師是盲人，怎能看小說？但是不回答又不好意思，就據實以告，誰知按摩師聽了，居然知道，而且還討論小說的內容來，真懷疑他黑眼鏡後，是不是真的盲目。再經詳談，才知道他是由家人讀報，讀到了小說的。自然，話題又轉到金庸小說，按摩師卻也讚不絕口。由此想到，金庸小說還可以出版盲人的凸點字版，這於眾多的盲人來說，實在是一項福音。試想，失明人的生活，何等單調，若有金庸小說來填補他們生活上的空虛，那真可以說是功德無量了！

◆武俠小說中所表達的情感和鬥爭

任何小說，皆表達情感——人與人之間的情感，人與物（生物或死物）之間的情感。也表現各種形式的鬥爭，人與人之間的爭鬥，感情上的爭鬥和物質上的爭鬥，也表達人與物的爭鬥和人與大自然的爭鬥。然而，武俠小說卻有它的獨特表現形式，和其他的小說，略有不同。

在武俠小說之中，人和人之間的爭鬥是極其直接的生死之鬥，一種不是你死，就是我亡的鬥爭。

這種鬥爭方式是直接而赤裸的，不需要任何掩飾，也不需要任何理由。生命的價值在武俠小說之中，被提出來放在最原始的地位，沒有各種各樣的修辭去美化它，刀光一閃，武功不如，立時就命喪當場。

這樣直接原始的鬥爭方式，在如今的現實生活中，看起來好像並不存在，這是武俠小說最受詬病的一點，被形容為「不文明」。

也有有心為武俠小說辯護的人，說武俠小說中的情感和鬥爭，是古代的，不是現代的，所以不可以用現代文明的標準去衡量。

其實，這兩種說法都不對，武俠小說（近代武俠小說）都是近代人創作的，武俠小說的作者既然都是近代人，就不可能有古代人的情感，武俠小說作者在武俠小說之中所表達的情感，必然是近代人的感情，只不過將近代人的感情，套入了一種特殊的、武俠小說所獨有的方式去表現而已。

講到生存在現代社會中所需要經歷的各種鬥爭，現代和古代一樣，自始至終，是由人性出發，環繞著人性而生的鬥爭。

人性自私、貪婪，就有各種各樣自私、貪婪的鬥爭。人性殘酷、狠毒，也就有各種各樣殘酷、狠毒的鬥爭。從古代到現代，人性並沒有任何改變，只不過反映在鬥爭上，現代化的各種鬥爭更狡猾、更先進，而且還披上了文明的外衣而已。

試將今日社會上的各種鬥爭，上至政治上的鬥爭，中至商業上的鬥爭，下至個人與個人之間的傾軋，有哪一項可以脫出人性卑劣這一方面的範圍？武俠小說中直接的鬥爭，是剝去了文明外衣的一種暴露，武俠小說中人物的感情，就是現代人感情的代入，其間，並不存在古代和現代的問題。

試以金庸小說《鹿鼎記》為例，整部小說的結構、人物、情節，如果用現代社會來替代，寫一個出身極其低下的少年，憑著他本身的機智和判斷，再加上種種機緣，逐步向上爬，終於取得了成功，那就活脫是一部現代小說。事實上，同類的現代小說，不知有多少。將《鹿鼎記》改為現代背景，人物性格甚至完全不用改寫，若干（大多數）對白，甚至可以一字不易地抄用。武俠小說所表達的是古代的感情乎？非也非也！武俠小說所表達的，是人的感情。而無論古、今，人的感情是一樣的。

在武俠小說中，我們可以看到，人的感情是在一種直接的形式下被表達出來的。恨一個人，就恨到底，一定要取他的性命；愛一個人，也愛到底，非共諧連理不可。其間，並沒有什麼阻礙。這種所謂「阻礙」，是指種種的社會約束和道德規範等等，也就是前文所指的「文明外衣」。

文明外衣其實並不能約束人的愛和恨，只不過使人在表現其愛恨之際，更加迂迴曲折而已。這種迂迴曲折，在武俠小說強烈的表現方式下，顯得大大軟弱，也變得相當滑稽。

可以下一個結論：武俠小說在表現人性的正、邪的方式，是獨特而直接的，這種表達方式，在文學上，有其獨特的價值，絕不容忽視。

◆對約束和規範的反抗

關於武俠小說，要說的話還很多，好在有的是發言機會，不必一次講完。忽然又想到的是，武俠小說所表現的同情弱者這一方面，最特出此者，表現在絕不歧視女性和低估女性力量上。

女性能得到其間平等地位，只有在武俠小說之中。雖然古代中國社會之中，女性受盡歧視，但是在以中國古代社會為背景的武俠小說中，絕不會有被壓搾得苦兮兮、抬不起頭來、窩窩囊囊過一世的女性。

由這一方面來看，也可以看出武俠小說對社會上的約束和規範，是採取一種反抗的態度。武俠小說中人物的善與惡，是用人的本性來衡量，而不是由他遵從社會規範和約束來衡量。楊過堅持要娶他的師父小龍女為妻，楊過是英雄人物；劉正風維持和魔教長老曲洋的友誼，劉正風也不是反面人物。

武俠小說一直為廣大群眾喜愛，也一直為一種力量在反對。所有的武俠小說作者和武俠小說的愛好者，都應該感謝金庸。因為金庸寫下了這種出色的武俠小說，事實明明白白擺在那裡，武俠小說可以成為傑出的文學作品，只要寫得好。金庸的武俠小說也明明白白告訴所有人，武俠小說是小說的一種獨特的形式，好或壞，不在於這種形式，是在於小說本身。

願求非議武俠小說的人，多看武俠小說，至少，要看看金庸的武俠小說。

倪匡　一九八一・十・三十一

目次

第一章 笑傲江湖

第二章 鹿鼎記

第一章

笑傲江湖

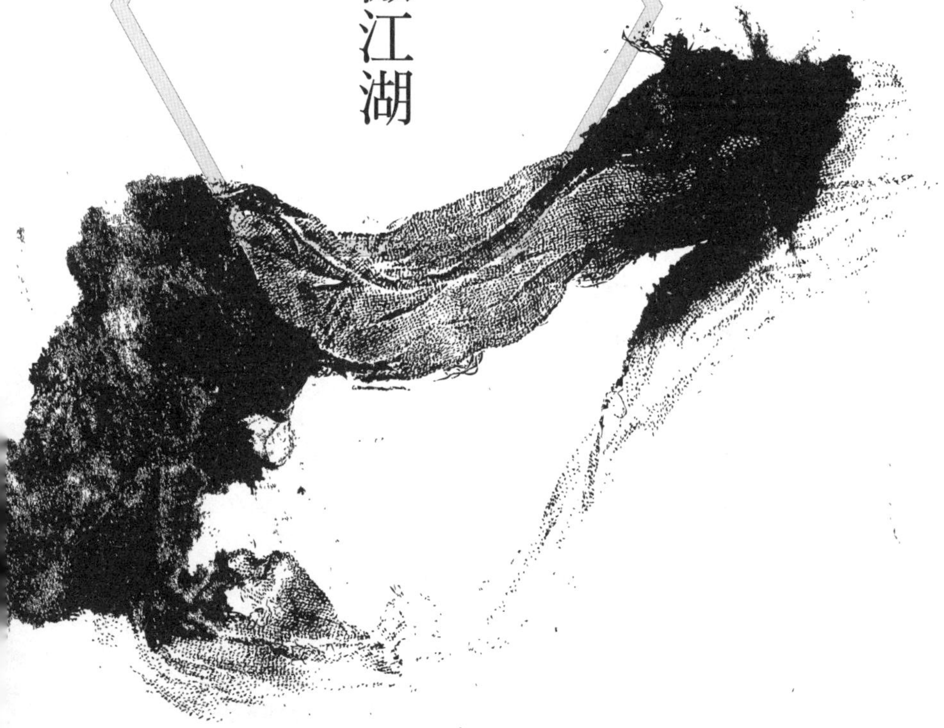

1

時代背景

金庸十四部武俠小說之中，《笑傲江湖》，名列第三。

《笑傲江湖》是金庸小說之中，唯一沒有明確歷史背景的一部，但是，只要略微細心一點，就可以肯定，這部小說的歷史背景是明朝。

劉正風金盆洗手，廣邀群雄，節目之中，就有一項是官員來封劉正風的官：

「……據湖南巡撫奏知……著實授參將之職……」

「巡撫」這個官銜，始自明朝，明初軍事初定，以朝臣巡視地方，安撫軍民，謂之巡撫。開始時，並非地方專任官員，後來才各省均置。清朝時更進一步，職權極重。《笑傲江湖》當然不是清朝之事，清朝的服飾大異，令狐冲的腦後垂有一條辮子，就不怎麼好玩，所以可以肯定是明朝的事。

「參將」也是明朝才設置的官名，比副將還更低一級。這兩個官銜，道出了《笑傲江湖》的歷史背景是在明朝。至於是在明朝的哪一年，遍閱全書，漫不可考。通篇都是江湖上的事，而且和金庸別的小說絕無聯繫，人物全是獨立的，不在其他小說中出現。只有「獨孤九式」中有「獨孤」其名，不知這和楊過得到劍笈的那個獨孤求敗是不是有關係而已。

既在明朝，當年明教的一些人物或他們的後代，很可能出現一下，但作者也不提，只出現了一個被正派人物稱之為魔教的教派。

這個教派，本來叫「朝陽神教」，名字的氣派極大，後來經過修訂改正之後，忽然變成了「日月神教」，看起來、唸起來、比起來均甚怪，不及原來的名稱遠甚。猜想其所以改了教名，是由於「日月」為「明」，多少想和當年明教有點關係之故。

我一向不贊成金庸對他的作品做大幅度的修改，《笑傲江湖》改得極多，新版有許多地方，不及舊版，教名的更改，不過是其中之一而已。

2

新不如舊之一例——兼說天王老子向問天

《笑傲江湖》中新不如舊的地方相當多，最明顯的一個例子，出在天王老子向問天的身上。

◆截然不同的寫法

全書精采的情節，異彩紛呈，舉不勝舉，但其中最精采、最激盪人心的一段，是天王老子受正邪各派圍攻，被困在一個亭子之中，亭子的四面是曠野，亭子的外面，圍了好幾百人。當其時也，令狐冲置生死於度外，只是為了敬仰向問天的那股氣概，起了惺惺相惜之意，就大踏步地進了石亭，要和向問天同生共死這一段。

天王老子向問天，在全書之中是一個極重要的人物。這一段，是向問天初出場，來勢逼人，非同凡響，不枉了「天王老子」這個稱號。

這一段作者的布局也極巧妙，正、邪兩種平時如同水火的力量，這時竟共同對付一個人，對峙雙方力量對比懸殊，偏偏從令狐冲眼中看出來的向問天一個人，氣勢猶在數百名正邪好手之上。

這種場面，本來已經夠熱鬧了，再加上一個硬出頭，連刀也沒有，卻要拔刀相助的令狐冲，看到這一段，要是還能放得下書來，真是怪事了。這一大段情節的詭異、多變、激盪、熱鬧、布置之巧，透過情節表現人物性格之妙，實在可作為小說創作的教科書。

然而，這麼精采的一段情節，在經過修訂之後，頗有新不如舊之感，所以舉出來作為一個例子。

這一段，在寫了令狐冲以獨孤九式，大展神威，向問天也對他大起惺惺相惜之意後，向問天帶了令狐冲突圍之際，新、舊作就出現了截然不同的寫法：

舊：

……當真疾逾奔馬，一瞬之間便已在數十丈外。

後面數十人飛步趕來，只聽得數十個喉嚨大聲呼叫：「天王老子逃了！天王老子逃了！」向問天大怒……（中略）低頭見到令狐冲兀自噴血，不禁哼了一聲，轉身又奔。眾人又隨後追來，但誰都不敢發力狂追，和他相距越來越遠。原來向問天外號叫作「天王老子」，為人最是倨傲，一生和人動手相鬥，打敗仗是有過的，卻從來沒逃過一次，當真是寧死不屈的性格。憑他的輕功造詣，若要避開正教魔教雙方的追殺，原是易事，只是他不願避難逃遁，為敵所笑，方被困於涼亭之中。此刻為了令狐冲，這才作生平破天荒第一次的轉身而逃，心頭的煩惱已是達於極點。

他一面疾奔，一面盤算：「倘若只我一人，自當跟這些兔崽子拚個死活，好歹也要殺他幾十個人，出一出心中惡氣。老子自己是死是活，都管他媽的！只是這少年和我素不相識……(下略)」

新：

……當真是疾逾奔馬，瞬息之間便已在數十丈外。後面數十人飛步趕來，只聽得數十人大聲呼叫：「向問天逃了，向問天逃了！」

向問天大怒……(下略)

向問天腳下疾奔，心頭盤算：「這少年和我素不相識……(下略)」

讀者諸君且莫怪我抄書，抄得不多，而且非抄不可。略去的部分，是新舊作相同之處。而這裡抄出來的兩段，所寫的事是一樣的；向問天帶了令狐冲突圍，其他人隨後追來。

任何人只要一看，就可以看到這兩個不同的寫法，孰高孰低，修訂之後的一段，只是草草，應該新舊調過來才是。但如今，潦草、簡陋的一段，偏是修訂後的作品，真令人百思不得其解。大段的性格描寫，自「原來向問天外號叫天王老子」起，到「出一出心中惡氣」全被刪去。這一段，實在是千萬不能刪的。

◆江湖豪傑，肝膽相照

其時，令狐冲「路見不平，拔刀相助」，一則是心儀向問天的豪氣干雲，在他所見過的江湖人物之中，沒有一個及得上；而另一方面，也由於自己身受重傷，內力全失，他為人本就瀟灑自在，生死得失，全不怎麼放在心上，心裡喜歡向問天，「胡裡胡塗的在這裡送了性命便是」。反正難免一死，死得俠意豪放，自然更合令狐冲的心意。

但是向問天卻不知道令狐冲有這一份想法，在向問天看來，令狐冲百分之一百是路見不平、拔刀相助，而且這樣子幫助一個素不相識的人，向問天雖然一生闖蕩江湖，也從未遇到過，在生死關頭，忽然冒出這樣一個少年來幫助自己，自然令向問天這樣剽悍豪俠的江湖客感到熱血沸騰，豪氣更甚。不知名的少年肯為他犧牲性命，他為這個不知名的少年，做破題兒第一遭的逃遁，算得了什麼？是以他才會帶著令狐冲逃走。

而這一段向問天和令狐冲之間的關係，從一開始起就生死相許，極之密切。這一點，對於後來情節的發展，也極重要。後來，在向問天和令狐冲之間，多了一個任我行。

任我行和向問天不同，任我行深謀遠慮，是一個梟雄，講一句現代化一點的話，任我行是一個政治人物，喜歡玩弄權術和政治手法，即使是任我行和向問天之間的關係，也不是純江湖豪傑式的肝膽相照，但向問天和令狐冲之間的關係卻是。沒有這一段文字，讀者心目中向問天和令狐冲之間的這種關係，便大大削弱了。這一段文字，強調了向問天本來絕不怕死，「是死是活，都管他媽的！」只是為了不想令狐冲也死，所以才破例逃走，儘管心中萬分不願，也還是做了。

整個情節是：令狐冲心儀向問天的豪氣，願意陪他一起死，向問天想到「這樣的朋友，天下到哪裡找去」，而寧願做對他來說比死更不願做的事。兩個第一次見面的人，相互之間便有這樣的激情相許，這是武俠小說中俠、義性格發揮的極致。

這樣精采的一段文字，竟然刪去了，真是可惜之極！

新作將「天王老子逃了」，改成「向問天逃了」，也大大遜色，「天王老子」的外號，在此首現。這個氣勢之大，無以復加的外號，從此在新作中就不多見了，也是可惜之極。

只就文字而言，「數十人飛步趕來……數十個喉嚨大聲呼叫」也比「數十人飛步趕來……數十人大聲呼叫」，重複了兩次「數十人」來得好，文字上活潑得多，儘管「數十個喉嚨大聲呼叫」仔細研究，可能有點語病，但喉嚨加上呼叫，再加上叫出來的是「天王老子逃了」，當時的情景，更加活靈活現，在文字修辭上而言，也是佳作，不像兩次重複「數十人」那樣呆板。

◆均是放蕩不羈之人

小說的創作，在文字運用上，其實不必力求合乎文法情理，四平八穩。活潑多姿采的文字，效果更好。這種文字運用的本領，本來是金庸的拿手好戲，在他的作品之中，隨處可見，替他的小說生色不小，忽然在這一段中改變作風，當時不知是受了什麼影響，真是百思不得其解！唯一的可能，是金庸可能不想將向問天這個人寫得太好、太英雄，所以才有這樣的改動。但是向問天始終是一個有智有勇的上上人物，為何要貶低他的地位，更是不了解之至。

有金庸在貶低向問天地位之想，是因為在後文，又刪去了一段和向問天有關的文字，這段文字相當長，不全文引用了，大意是說，向問天和令狐冲兩人逃入深谷之後，向問天提及圍攻他的人是七百零九人，殺了三十一人，還有六百七十八人，向問天要在三年之內，將這六百七十八人全殺死報仇，而令狐冲勸他算了，向問天不答應，還很生氣。

這一段，不但寫向問天智力過人，而且寫盡了他性格中的狠勁。更有關聯的是，後來向問天並沒有將那六百七十八人盡皆殺死，可知他還是接受了令狐冲的勸告。當時他發狠，說「若就此要姓向的幹這個，不幹那個，那是不可能」，只是口頭上不肯接受，心中是接受了的。這種心中服了，口中不服的情形，是人情之常，也更顯出向問天的可愛之處。

後來，任我行也有類似的一段對話，若嫌重複，只刪這一段對話，還無傷大雅，至於將向問天在「眼望遠處黃土大地和青天相接之所」之際，早已數清了敵人數字這一點刪去，大是損害了向問天這個好漢的形象。

向問天是上上人物，讀者諸君若有不同意者，並非本人評的錯誤，實是金庸「刪改修訂」之過！

金庸給向問天有一句評語，是「放蕩不羈」。

……他二人均是放蕩不羈之人……

論放蕩不羈，令狐冲的段數比起向問天來，差得太遠。兩人被困山谷，向問天要找死屍來吃，嚇得令狐冲要裝睡，半個字也不敢說。令狐冲在這方面，顯然不如向問天。

放蕩不羈這四字考語，本來是和世俗成見相對的。說起來話很長，也很悶，可以不必細論。簡單地來說，凡是世俗困於某種成見，或某種由某些人提倡的道德觀念，在這個範圍之中所能做的事，某些人居然闖出了這種規範去做了，便是放蕩不羈了。

《笑傲江湖》這部小說，從頭至尾，都是在寫放蕩不羈，不肯遵從世俗行動規範的人所做的事。在整部小說中，也可以看出有多少不堪的事，實際上就是在道德的幌子下進行的，在這種「道德幌子」下，人的真性情被埋沒。令狐冲衝破了這種規範，是一個可愛活潑的人物，而令狐冲是正，向問天是副。向問天比令狐冲更放蕩不羈，讀者必須明白這一點！

3

萬里獨行田伯光

《笑傲江湖》全書，是對一種壓制人類真性情的約束規範的反抗，而且極成功地指出，借「道德幌子」做不堪的事，泯滅人性，這些人，好話說盡，壞事做盡，如岳不羣，若左冷禪。而另一方面，令狐冲、向問天、劉正風等人，代表了人的真性情。

劉正風和曲洋性情相投，琴簫唱和，在當時道德規範的代表看來，就是大逆不道。令狐冲摟了藍鳳凰的纖腰闖少林寺，岳不羣便通知天下武林人物，將令狐冲開除了華山派的派籍。

這些事，在《笑傲江湖》中極多，讀者看了之後，可以自己決定，選擇做哪一種人。

◆ 淫賊成了特出人物

在《笑傲江湖》一書，極其眾多的人物之中——金庸作品之中《笑傲江湖》的人物，不是最多也在前三名——有一個極其突出的人物，這個人，在《我看》中未曾提到，不是忘記了，而是想起了這個人，竟有不知如何下筆才好之苦。

但是這個突出的人物，還是非提不可，因為他是如此之特別！

這個人姓田名伯光，外號人稱「萬里獨行」。

田伯光先生是何等樣人呢？照天門道人的定論，是：

「姦淫擄掠、無惡不作的採花大盜。」

幾乎所有的武俠小說，在一寫到採花大盜之際，都有一個特點，就是對這類人物極其不齒，是武俠小說中最壞的壞人典型，從來也沒有一部武俠小說會對一個淫賊加意描寫，將之塑造成一個特出人物的。多是一出場就被殺了，或者作惡之後，再遭慘報，這種傳統，自《水滸傳》中好漢不好女色、打熬身體開始，不知持續了多少年，一直到《笑傲江湖》中出現了一個田伯光，才算是有了突破。

當然，在《笑傲江湖》之中，田伯光仍然不是一個正面人物，但至少是一個人物。淫掠仍然是最不可赦的惡行，然而，田伯光這個淫賊、採花大盜，除了要犯不可赦的惡行之外，也有著他另外一面，有他作為一個江湖豪客令人心折的一面。這另一面，使他不單純地是一個採花大盜，也成了江湖上的一號人物，有他自己獨特的地位。金庸寫了田伯光這樣的一個人物，突破了武俠小說中對這類人物的片面寫法，是金庸的成功之處。

田伯光的另一面是江湖人物，他非常重然諾，講信用。他好色。不好色，不會去做採花大盜。好色而又做了採花的人，看到了美女，自然不肯放過。採花大盜是不講什麼道德、法律的，唯一可以懲戒採花大盜的是利刃加頭：再採花，人頭落地。但是田伯光這個採花大盜，竟與眾（採花大盜）不同，放過了這樣一個美女。

這個美女，還不是普通美女，她：

> 清秀絕俗，容色照人，實是一個絕麗的美人。
>
> 身形婀娜，雖裹在一襲寬大緇衣之中，仍掩不住窈窕娉婷之態。

噫，這個小尼姑儀琳，才是真正的美人！

儀琳是小尼姑，不曾施脂粉、掃蛾眉，她的清麗和容色照人，盡然是天生的，沒有半絲人工修飾的成分在內。她是尼姑，穿的只是寬大的緇衣，這是絕大多數女人穿了，可以令男人不忍卒睹的衣服，但是儀琳穿了，卻仍然難以掩她體態之美。

必須肯定，儀琳的美麗，是真正的絕色。像這樣的一個絕色美女，落到採花大盜田伯光的手裡，結果應該只有一個。但由於田伯光另一面的性格，儀琳非但逃過了田伯光的侵犯，還做了田伯光的師父。

◆採花大盜放過絕色美女

田伯光放棄儀琳的這一段，也就是《笑傲江湖》的主角令狐冲出場的一段。

這一段，寫作方法十分特別，全部採用敘述的方法，由好幾個人的口中，敘述出當時的情形來，而又不單是敘述，在敘述之中，還夾想著當時所發生的事，和人物之間的矛盾衝突，聽了敘述之後，各人性格心境不同的反應，等等，真是五色繽紛，看得人眼花撩亂，眉飛色舞。

在金庸的全部作品之中，大段倒敘的寫法，並不多見。《笑傲江湖》中田伯光、令狐冲、儀琳三人間的糾葛是一段，《雪山飛狐》中胡一刀、苗人鳳、田歸農的糾葛是另一段。

妙就妙在兩段倒敘，無一相同之處，完全是兩種寫法。有時，懷疑金庸在《笑傲江湖》中的那一大段倒敘是故意安排的：令狐冲可以不在倒敘中出場，但特此安排他在這種情形下出場，是作者自己的一種享受；寫兩段倒敘，毫不相同，這是表現作者創作才華的一種最好方式吧！

田伯光是為什麼放過了儀琳的呢？這其間，有著十分曲折隱晦的寫法。從表面上看來，田伯光沒有侵犯儀琳，是因為令狐冲在從中作梗，所以未能成事。但是仔細去看原作，卻發現這一點只是表面上的理由，內在另有原因。

請看儀琳自述，她落在田伯光手裡的經過：

「昨日下午……我去山溪裏洗手。突然之間……被他點中了穴道……那人將我身子提起，走了幾丈，放在一個山洞之中。」

這是儀琳落入田伯光之手的經過情形。

將儀琳推進了山洞之後，儀琳的三位師姐在叫她，但是身在山洞，儀琳想叫而叫不出來，這一段時間，是「隔了好一會」。

「隔了好一會」，是多久呢？不論多久，算是二十分鐘吧，在這「好一會」時間中，田伯光這個採花大盜，在儀琳這樣的絕色美女之旁，他幹了些什麼事？就算他忌諱儀琳有三個師姐就在左近，不敢太公然，就算田伯光不是一個採花大盜，只是一個普通男人，在這段時間中，也難免惡向膽邊生，慾從丹田起，至少要對儀琳輕薄一番了吧。

但是，田伯光在這段時間（「好一會」），看來像是什麼也沒有做，只是講了一句風話：「她們倘若找到這裡，我一起都捉了……」而且講的時候，看來也不兇狠，「只是笑」。

接下來，儀琳的三個師姐走遠了，田伯光已沒有了顧忌，他的行動，更不合乎採花大盜的常規，他拍開了儀琳的穴道。其間，他和儀琳有一次身體接觸的機會：

「……我急步外衝，沒想到他早已擋在山洞口，我一頭撞在他的胸口。」

當儀琳一頭撞進田伯光的胸口之際，田伯光也沒有越軌行動，將她一把摟住——這種情形下，田伯光非但不像採花大盜，甚至不像一般急色男子。

再接下來，田伯光和儀琳談起話來，提出要求，先是稱讚儀琳「生得好看」，要儀琳「陪他睡……」。

請注意，田伯光是以採花大盜的身分出場的。哪有採花大盜在對方全然沒有反抗能力的情形下，向對方提出要求的？採花大盜若有一個成員會，一定要將田伯光開除會籍了。

再往後，田伯光「只是逼」，這裡的情形更隱晦，「逼」是如何逼法？在言語上逼？還是行動上逼？行動是有的：「伸手扯我衣裳」。

儀琳所穿的是「寬大的緇衣」，以田伯光的武功而論，要扯，不必半秒鐘，就可以達到目的，小尼姑必無倖理。可是拖延了又拖延，儀琳未見有失衣之危，直到令狐冲的笑聲傳來打擾為止，可知田伯光「伸手扯衣裳」，還只是一種「逼」的方法，而不是真的行動，真要有行動，儀琳早完了。

看到這裡，或許有人會問：你這樣詳細研究田伯光捉到了儀琳之後的過程，是為什麼？而且，好像還恨田伯光不採取快速行動，若有憾焉，是不是將自己代入，當作了田伯光？

當然不是，有趣的是，可以扯開去一筆。各位男讀者在讀到這一段時，不妨想一想，如果自己是田伯光，會怎麼樣？結果不必對任何人說，自己心裡有數就可以了。

扯開一點去的另一筆，也極其有趣。有一位金庸小說迷，對金庸小說中的人物，什麼人都不羨慕，獨獨想做尹志平。尹志平在金庸筆下的人物之中，是一個微不足道的小人物，就而問其原因，回答才叫妙，叫人想起就要笑。

這位朋友的回答是：因為尹志平和小龍女有過一次。一次，已經夠了，不枉一生！

這位朋友後來想想，實在窩囊，生氣道：「他媽的，小龍女究竟是什麼樣子，也沒見過，何以竟會入迷到這種程度……」

說雖然這樣說，羨慕尹志平之心，仍然不減。

話歸本題，詳細研究田伯光這一段時間內的行動，對他以後的行為，有重大的關係。田伯光在這段時間內，行動如此，當然是由他的心意所決定的，而從他的行動來看，從他將儀琳抱進山洞去之後，在「隔了好一會」的那段時間中，他心中，對儀琳已經產生了一股不可遏制的愛意。

採花大盜對女人生出愛意，聽起來，好像有點格格不入，但採花大盜也是人，再壞的人，也有感情，也會對心儀的女人產生愛意的。

在「隔了好一會」那段時間中，田伯光的手腳沒有什麼行動，「光是笑」，他一定目不轉睛地盯著儀琳在看，看到儀琳這樣清麗脫俗、這樣美麗，「恰似明珠美玉，純淨無瑕」，他的心中，一定會產生一種異樣的情緒。

世上的確有一種這樣的美女，美麗得叫男人可以慾念全消，只想如何去呵護她、去愛她，不懷有任何目的去為她做任何事。

儀琳就是這樣一個美女。在作者的心目中，她是呵護的對象，在儀琳敘述經過之際，一干高手，都有忍不住想伸手拍拍她的舉動。田伯光不是什麼仁人君子，他待儀琳也未必慾念全消，但是面對著儀琳，決計和面對著任何其他女人不同，可以肯定。

金庸在這裡，不但寫活了田伯光，也寫活了儀琳這個絕色的小尼姑。

田伯光對儀琳的愛意，在一產生之後，就一直未曾停止過，他拜儀琳為師，也是基於這一點心理因素，他明知自己絕不可能得到儀琳，儀琳也絕對不會愛他，那麼，只好用另外一種名分，來固定他和儀琳之間的關係，來取得心理上的一種滿足感。

書中，田伯光被不戒大師所逼，被令狐冲的言語所逼之類，只是表面的情形。不戒大師的武功雖然高，萬里獨行要逃，沒有道理逃不走。雖然令狐冲使了狡獪，但田伯光既然是採花大盜，說過了的話，老子說不算數就不算數，令狐冲又能奈他何？

所以，後來田伯光的行動，全是他自願的，沒有什麼人可以強迫他。田伯光是由於對儀琳的單方面愛戀，才會有這些行動。像田伯光這種心理，現代心理學中有專題論及。

同樣的情形，寫得比較明朗化一點的，是《鹿鼎記》中的美刀王胡逸之對陳圓圓的單方面戀情。

◆ 不戒給田伯光的懲罰

在這種深刻單方面戀情的男人，有時會故意殘害自己的身體，折磨自己，求發洩戀情不能宣洩的痛苦。美刀王胡逸之用的方法是自毀大好武林前程。田伯光在被不戒大師懲戒之後，也不想辦法解脫，寧願忍受人所不能想像的痛苦，皆是這類心理的男人一種特異的行為。這種行為，接近人的動物的原始本性。

要說明的是，田伯光所受的懲罰，不戒大師加在他身上的，有兩個不同版本。在舊作中，不戒大師這個行動怪誕得匪夷所思的人，用了一個匪夷所思的辦法來處罰田伯光，處罰的過程，出自田伯光自己之口：

「他突然將我點倒，將我那枝袖箭刺入了我那話兒之中，又將袖箭打了個圈兒。」

而且還：

「以後我見到你，便要查察，看見這袖箭脫了出來，我給你另插兩枝，下次見到倘若又是給你除了，那便插上三枝。除一次，加一枝。」

這種處罰方法，真是怪不可言，難怪令狐冲聽了之後，忍不住「捧腹大笑」。

而在經過了修訂改正之後的新作，懲罰的方法變成了這樣：

「他出手將我點倒，拉下我的褲子，提起刀來，就這麼喀的一下，將我那話兒斬去了半截。」

令狐冲的反應也變成：

令狐冲一驚，「啊」的一聲，搖了搖頭，雖覺此事甚慘……

兩種懲罰方式，截然不同，聽到的人，反應也大不相同。在這裡，又忍不住要說一次：「新不如舊」。《笑傲江湖》在修訂之中，改動得特別多，很不明白其中原因，也不知道金庸何以要對原來的《笑傲江湖》這樣不滿意。在此未開始修訂之前，甚至曾經提及要將桃谷六仙刪去。當時一聽之下，大驚失色，以為萬萬不可，幾乎痛哭流涕，懇求保存桃谷六仙，總算金庸改了主意。

《笑傲江湖》的舊版本，已成絕響，十分難找得到來看了，如今當然只好看新版。但新版也不是不可更改的，等到再出版時，還可以改回來，成為「新新版」，其餘各部，問題不大，但是《笑傲江湖》真要認真考慮才好。說一句笑話，不戒大師提刀斬去，竟然會有「喀」的一聲，何其堅硬乃爾？田伯光真可以說是天生異稟了！

田伯光的結論該怎麼去定？他是一個心理不正常的畸人，其行可誅，其情可憫，對付這種人，除了不戒大師對付他的第一個方法之外，沒有別的辦法了。第二個辦法不好，尤其是在《笑傲江湖》之中，「欲練神功，引刀自宮」，自己割了那話兒的就有岳不羣、東方不敗、林平之，田伯光斷的只不過「半截」，算得了什麼！

像萬里獨行田伯光這樣的人物，在武俠小說之中，絕無僅有，無法評定，只好算是另創一格的特別人物了。

4

不戒大師一家人

不戒大師的一家人是：不戒大師；沒有姓名的啞婆婆——不戒大師之妻；恆山派女尼儀琳——不戒大師之女。

這一家人之古怪，當真是亂七八糟，天下少有。

三個人之中，儀琳自然是極其重要的角色，但不戒大師和啞婆婆這一對夫妻，卻可有可無——不提儀琳有父母，只提她從小是孤女，對儀琳並沒有多大的影響。而金庸創造了不戒大師這一對夫妻，寫來趣味盎然，形成《笑傲江湖》眾多奇峰之中的一個奇峰，奇妙無比。

一對歡喜冤家

由於金庸始終沒有寫這三個人的真姓名，所以不戒大師姓什麼、叫什麼，全不可考。只知道不戒大師原來是一個屠夫，因為愛上了一個美貌尼姑，所以放下屠刀，去做和尚，方便追求尼姑。

不戒大師當年追求的尼姑，其美貌到何等程度，可以從儀琳的身上找到一點影子，奇就奇在不戒這樣的粗人，也知道女人的醜妍。由此可知，真的愛美是人的天性了，一笑。

不戒如何在做了和尚之後，會將美貌女尼追上手的經過，也不可考，書中全無補述。但想像起來，像不戒大師這樣粗鄙之人，自然不會月下花前，詩情畫意一番，說出來的情話，多半也不怎麼動聽，不會比田伯光「我要你陪我睡覺」好聽多少。

他之所以能將那美貌女尼追上手，娶了她為妻，多半是真情感動，也有可能，有一小半是用了強。自然，在追求之際，信誓旦旦，說「天下女人只愛你一個」之類，是免不了的，所以才會有後來和一個美貌少婦說幾句話，就造成了夫妻失散二十年的悲劇。

不戒大師初出場時，身形「極胖、極高大」，年輕時不會那麼胖，高大是不會變的，相貌如何，不得而知，但也不應該太難看，不然，儀琳若有幾分像了父親，《笑傲江湖》要改寫了！

年輕、強壯、高大、粗獷、豪邁的一個男子，又具有極度的真情，的確是能令女子動心的，就是如此這般，屠夫出家的和尚，娶了尼姑，生下一個女兒。

奇怪的是，當不戒大師婚後，仍然做和尚打扮，要不然也不會生出後文的事來。不知道那時候，美貌尼姑，儀琳的媽媽，是不是已開始蓄髮還俗？

（寫到這裡，忽然眼前現出一個美女而初蓄髮，一頭短髮的樣子，倒真是動人，而且十分「現代」。）

不戒大師夫婦離散，是因為不戒大師抱著女兒曬太陽，來了一個美貌少婦。這少婦稱讚不戒大師女兒好看，不戒大師也讚對方好看，言語衝突，打將起來，給他妻子看到，醋勁發作，認定了不戒大師是「天下第一薄倖男子，好色無饜之徒」，居然不問青紅皂白，就此別夫棄女，離家出走，從此音訊全無。

這位連天上也找不到，人間更成絕品的醋娘子，在離家出走之後的生涯如何，為何學了一身武功等等，皆不可考，再出現時，已經是恆山的一個「啞婆婆」了。這個女人，不但是天下第一醋娘子，而且真有性格，其狠、忍之處，人所難及。

她應該早知道儀琳是她的女兒，但是多少時日來，儀琳對著她訴說心事，她竟可以全然無動於衷，這股狠勁，豈是他人做得出的？要不是有這股狠勁在支持，當年她也絕不會一怒之下，就此離去。她當年離家，還絕不是一時衝動。事情發生之後，不戒大師的敘述是：

「我轉頭跟你娘說話，她一句也不答，只是哭泣。我問她為甚麼事，她總是不睬。第二天早晨，你娘就不見了。」

這中間，經過了一夜的考慮，而在這一夜之中，可憐不戒大師，一定陪盡了小心，說盡了好話，可是結果一點用處也沒有，還是一走了之。

這女人的性格，有多可怕？她認定的原則是：

「娶了妻的，再瞧女人，不可以。」

這句話的句法甚怪，那是因為她多年不曾說話，裝聾作啞，再開口說話，已經生澀之故。這句話的意思是：「娶了妻的便不可以再瞧女人」！乖乖，這條原則，如果一經實施，所有已婚男人，全得變成瞎子才成了！

這樣可怕的女人，在不戒大師的心目之中，居然：「溫柔斯文，從來不罵人，不發脾氣……天下所有最好的女人加在一起，也及不上……」情有獨鍾起來，真是沒有辦法可想。

這一點，令狐冲就看得很明白，他對儀琳說：「你這個媽媽，聰明美麗固然不見得，性子和順更是不必談起。」當真是彆扭至於極點了。

但是麻油拌韭菜，各人心裡愛，不戒大師硬是愛她，妻子不見之後，遍天下尋找，連西藏蒙古都找遍啦，只差沒有出洋到馬達加斯加去。

就是在尋找妻子的過程中，經過白雲庵，將儀琳留了下來，所以儀琳才會在恆山派做了小尼姑的。

照這個情形看來，恆山老一輩人物，定逸、定閒等，是早知道儀琳身世的，可是一直沒有提起過。儀琳自己知道不？他們父女重逢的情形如何，書中也沒有寫到。一出場，在令狐冲受傷後，被人欺負，儀琳已經和不戒大師在一起了。

不戒大師的妻子，後來逼令狐冲娶儀琳，用的方法，也是野蠻和不通情理，一廂情願之至。相形之下，不戒大師真是可愛，他不介意讓儀琳「做二房」，這倒真是好主意，只可惜若是這樣，令狐冲或者無所謂，任大小姐又要「愀然不樂」，所以只好委屈了儀琳，終生寂寞空門，真不知情何以堪！

促成不戒大師和妻子分離的直接因素，是那個美貌少婦。在新作中，這個少婦是謎一樣的人物，絕無交代。但在舊作中，這個美貌少婦就是華山女俠寧中則，也就是令狐冲的師娘。

舊版中，還有一小段，寫不戒大師在不見了老婆之後，遷怒寧女俠，曾找上華山派去，準備殺人出氣，恰好看到寧中則抱著一個小女娃，小女娃又生得可愛，所以才沒有下手。而這個小女娃，就是岳靈珊。這一小段雖然著墨極少，但趣味盎然。也不知道為什麼原因，在新作中被刪去了。

不戒大師和他的妻子，無以名之，只好稱之為歡喜冤家。他們兩個人歡喜冤家不打緊，卻為世上多了一個極悲苦的人出來，這個人就是他們的女兒儀琳。

◆最了解令狐冲的女子

儀琳實在是一個苦人兒。很難想像還有什麼人比她更淒苦。

儀琳的淒苦，不在於她從小就是在白雲庵長大，物質生活清淡。而在於她從小受白雲庵的教育，但結果，她的本性，和她所受的教育全然相反的本性爆發，愛上了性格不羈的令狐冲。

這場愛情，如果有結果，倒也罷了。如果儀琳有心，令狐冲有意，以令狐冲的性格而論，不會介意娶一個尼姑為妻。而儀琳在情愛的衝擊之下，也必然可以將從小所受的薰陶，拋到九霄雲外，效法當年乃母。那樣，在思想衝突過程之中，固然會有一定的痛苦，結局倒還是可以甜蜜圓滿的。

但事情並不是如此，儀琳愛令狐冲，是毫無疑問的事了，她自己不說，不戒大師知女莫若父，卻是深知：「我這寶貝女兒嫁不了令狐冲，就活不成了！」

儀琳對令狐冲的情意之深，已經深到了人間少見的地步，這自然是由於儀琳的絕好性格而來的，儀琳極了解令狐冲，可以說是最了解令狐冲的人，了解程度在任盈盈之上，岳靈珊更是望塵莫及。

她祈求令狐冲「和任大小姐結成美滿良緣」，又祈求菩薩保佑令狐冲「一生一世都快快活活……一世快樂逍遙」，因為令狐冲「最喜歡快樂逍遙，無拘無束」，所以，她「但盼任大小姐將來不要管著他才好」。

這是一個人對異性有真正的愛情時發出的心語。她愛而不要求佔有，這是什麼樣的胸襟。這樣的胸襟，在女人身上，可以說是不可能的。

儀琳是金庸筆下一個絕頂脫俗的女性，可惜她的命運是如此悲苦，青春妙齡，長伴青燈古佛，真希望她不要太長命，不然，悠悠歲月，如何捱得過去，思之也為之惻然！

令狐冲為什麼一直不愛儀琳，書中說是儀琳年紀太幼小，這似乎不成理由，當然也是環境不許可，先有岳靈珊，後有任盈盈，儀琳便在令狐冲心中，沒有男女間情愛的地位了。

令狐冲娶岳靈珊，當然不會是美滿姻緣，娶任盈盈，美滿是美滿了，但令狐冲在娶了任盈盈之後，還真能「無拘無束」嗎？

金庸在《笑傲江湖》的後語中說：「盈盈的愛情得到圓滿，她是心滿意足的，令狐冲的自由卻又被鎖住了。」

由此可知，金庸自己也知道，令狐冲和任盈盈的婚姻，對令狐冲的個性而言，也是一種約束，令狐冲能否克制自己，一直約束下去，不再任性胡鬧？只怕也是未知之數。觀乎令狐冲和藍鳳凰之間的交情，藍鳳凰曾當面叫任盈盈不要吃醋，任盈盈的回答就十分勉強。而且，當時任盈盈也必然有吃醋的表情在。不然，藍鳳凰不會這樣說的。

金庸又說：「或許，只有在儀琳的片面愛情之中，他的個性才極少受到拘束。」

其實，令狐冲和儀琳之間的愛情，即使是雙方面的，令狐冲個性上的拘束之少，也屬必然。像儀琳這樣性格的女性，才最適合令狐冲這樣個性的男人。

金庸一定也覺察到了這一點，所以才在《笑傲江湖》之中，塑造了令狐冲，又塑造了儀琳。可是，又不安排他們有結果，或許，是鑑於世界上根本不可能有絕對美麗的男女結合之故。

儀琳，是上上人物。

5

從梅莊看出神入化的小說技巧

《笑傲江湖》中，寫到杭州西湖旁的一座莊園：梅莊。這座梅莊，在向問天和令狐冲未曾闖入之前，真可以說是世外桃源。四位莊主，梅莊四友在梅莊之中過的日子，正堪稱是神仙生活。

◆ 布局精妙，天衣無縫

我們看過了《笑傲江湖》之後，自然知道梅莊中發生的事。但不妨想一想，第一次看《笑傲江湖》，看到向問天和令狐冲兩人化了裝，進梅莊，千辛萬苦，找梅莊四友比劍，能猜到向問天的葫蘆之中，賣的是什麼藥嗎？本人絕不相信有人可以猜得到。

因為金庸在這一大段情節上，布局精妙之極。

金庸的作品，布局、結構一向佳妙，絕沒有一樁事突兀、單獨的發生，而都是互相之間，有著呼應牽連，有著千絲萬縷的關係，一環扣著一環，取走了其中的任何環節，就會連結不上。

這一點本來是小說寫作的技巧，大小說家，都優為之。金庸既然是大小說家，似乎不值得提。然而令人驚訝的是，金庸的所有小說，在第一次發表時，都是在報紙上以連載形式發表的。

在報紙上用連載的形式發表小說，這是一種極其獨特的小說發表形式。在西方，恐怕沒有這種形式，在香港，這種形式卻特別盛行。

在報紙上用每日連載的形式發表小說，每天一千字至兩千字。這種特殊的發表形式，形成了一種特殊的寫作方法，就是小說作者並不是一口氣將作品寫出來，而是每天寫了，第二天就要見報的。到了第二天，想到昨天寫下的地方要修改，已經沒有可能，因為早已登出來了。

金庸寫小說的時候，情形也是如此，常有一班朋友對著他遊戲，而他在伏桌書寫時，報館的人已等著在等他寫好，立即送到報館去付排。

在這樣的情形下，長篇小說的通篇結構，要像一個榫頭對準另一個一樣，由幾百個甚至幾千個榫頭連結起來，而金庸在這樣的創作過程之中，居然還能寫出結構嚴謹得天衣無縫，渾然一體的長篇小說來，寫小說的功力之深，又高人一等。

或許，由於創作的初期是以這種特異形式進行的，所以金庸在後來，才堅持要修訂一番。但是觀乎修訂後的結果，也只是在細節上的修改，通體結構，絕無變動之處，由此可知，當日創作之際，實在是早已有了通盤計畫的。然而，上百萬字的長篇小說，又實在不可能有一個通盤的大綱，就算早有了大綱，在創作的過程中，也一定會大大逸出大綱的範圍。金庸不知是如何控制這一點的。這種本領，如果不是屬於天生的才能、而是有訣竅的話，這種訣竅若能公諸於世，當是所有有志於小說創作者的最佳教材了。

◆葫蘆裡賣什麼藥？

標題是西湖梅莊，忽然寫到了小說創作的形式，扯得不可謂不遠。好在一直是採用閒談式的雜文形式在寫這本書，倒也沒有關係。其所以會想得那麼遠，是想到梅莊四友這一大段情節，金庸在寫《笑傲江湖》之初，是不是就已經設想好了呢？

這一大段情節，對整部《笑傲江湖》的關係之大，無出其右。而這段情節牽連的前因後果，又和其他的許多情節有關聯，難道這些情節，也是在創作開始之前安排好的？

和梅莊最有關聯的情節是令狐冲幫助向問天，沒有這一段，就接不上梅莊這一段。而向問天之受圍攻，引出令狐冲仗義相助，在向問天的這方面，就牽涉到了朝陽神教內部的變故。

朝陽神教的內部變故，當然是早就想好了的，因為任盈盈那時已經出場，而一開始，曲洋和劉正風的交情，也已寫明了全書表面上最大的衝突，是五嶽劍派和朝陽神教之爭。照這樣看來，向問天被圍攻，令狐冲仗義出手，也不是「偶然」事件，而是作者早經精心安排的結果！

單從這一點，也可以看出金庸的小說寫作技巧，真的到了化境！令狐冲看來「偶然」地遇上了向問天，又看來是「一時衝動」，去拔刀相助。但所有的「偶然」、「衝動」，根本全是作者的安排。

有了看來全然是「偶然」的事件，才接下來，到梅莊的出現，絕沒有人知道目的何在，讀者被蒙在鼓裡，作者在這一大段情節上，一層層寫下去，也會居然不心急去揭開真正的目的，而且，還好整以暇，花了許多筆墨，只寫酒、寫字、寫畫、寫棋、寫音樂、寫武術，賣其關子，弄其玄虛。

讀者看到這段，雖然不知在梅莊中會發生什麼事，但也已可以知道，在梅莊之中，一定會有驚天動地的大事發生。小說讀者最心急知道要發生的大事，對於大事之前的敘述，應該是最不耐煩的。

所以一般而言，小說作者雖然喜歡在大情節之前，做些另外的鋪敘，賣些關子，但也很少像梅莊這一段那樣，事前的鋪述，可以如此之長。妙就妙在，大事之前的鋪述，趣味之高，讀來令人回味無窮。在看了第一遍之後，以後每次重看，照例不經意最後的大事，因為那已經知道了，而是一而再、再而三地看那些「關子」和「玄虛」的細節，看得津津有味。

即使是細節上的描寫，也有前後相呼應之處。向問天準備了那麼多好東西，自然是處心積慮的結果。而令狐沖的加入卻是「偶然」的，偏偏他練成了「獨孤九式」，更妙的是，他是酒徒，合了三莊主丹青生的口味。

而令狐沖之好酒，本來也不是什麼行家，反正酒到口邊，喝下去就是，沒有那麼多講究。偏偏在事前，他又遇到了黃河老祖中的祖宗祖千秋，學會了一套喝酒的「理論」，所以一看到丹青生手裡拿著一隻翡翠杯，就將祖千秋那裡聽來的白樂天詩，照搬了出來，令得丹青生一聽，就「一把抱住令狐沖」，對以後事情的進行，開展了道路。

◆一氣呵成的效果

本人一直不敢想像，金庸在寫祖千秋和令狐沖的對話之際，難道已經想到了後文的丹青生和令狐冲的對話了嗎？照情形看來，該是如此，但事實上，又絕少這樣的可能，若是一路寫下去，一路利用前面曾出現過的事情，而可以利用到這種有一氣呵成的效果，這種小說創作技巧，也真無人能及了。

向問天準備了字、畫，是早要到梅莊去的。他要救任我行，就非到梅莊不可。就小說結構而言，向問天和令狐冲的相遇，是早經過精心安排的。但是在向問天而言，身邊突然多了一個令狐冲，卻是百分之百的意外。

如今我們看到的向問天在梅莊所施的計謀，當然是向問天在遇到了令狐冲之後，知道了令狐冲的劍法超群之後才設計的。

如果向問天遇不到令狐冲，他原來的計畫怎樣？是不是能夠順利進行，已不得而知。金庸在這裡，留下了一大段因由，去讓人想像。

所以，說梅莊這一大段，是小說寫作技巧的示範，不但示範，還留下了習題：想想向問天如果不遇到令狐冲，如何去救任我行？有志於小說創作者，不妨就這個題目去各抒所見。當然，這不是一個容易的習作，至少叫筆者來寫，就不會及格。

從「縱馬來到一個所在，一邊倚著小山……」，向問天和令狐冲兩人到達梅莊開始，一直到令狐冲尋思「豈知竟然私設地牢，將一個女子關在這等暗無天日的所在」止，已經寫了四萬餘字，但還未寫到正題，讀者依然不知道，在「這等暗無天日的所在」中所囚禁的是任我行這個大魔頭。

在這四萬多字中，波濤起伏，細節的樂趣不必詳說，高潮迭起，向問天甚至無功而歸，已和令狐冲離開了梅莊，又被追回來，故事再發展下去，才引出地道來，引出向問天的真正目的來，而令狐冲還在懷疑向問天「那種布置安排，深謀遠慮，只不過要設法和這女子見上一面」。

令狐冲絕不笨，然則，在謎底未曾揭曉之前，真的只怕連愛因斯坦，都不知向問天是在搗什麼鬼。

◆筆法一變，真相大白

再下去，情節的發展，如千尋瀑布，天河倒懸，自天而下，一發不可收拾，任我行出場氣派之大（很少有人出場在暗無天日的囚牢中，有這樣的氣派），計畫逐步得到實施，令狐沖陷身黑獄。

寫到這裡，金庸的筆法突然轉變。在這之前，讀者沒有人知道是怎麼一回事。但到了令狐沖身陷黑牢之後，讀者人人都知道是怎麼一回事了，只有令狐沖不知道。金庸當然知道，將讀者瞞在鼓裡，是一種很巧妙的寫作方法，但是瞞人一陣之後，一定要揭曉一陣，若是一直瞞下去，讀者心中會大為不服，心急的讀者，會跳過一大段，去翻看下面的情節發展結果。那麼，中間的一段寫得再好，也變成俏媚眼做給瞎子看了。

所以，金庸在筆法一轉之後，讓讀者在明，書中人物在暗，讓讀者替令狐沖擔憂。而令狐沖在這段時間之中，也不是無事可做，而是做了一件最重要的事：學會了化功大法，將體內積聚的桃谷六仙和不戒大師的異種真氣，一一化解了。

在這裡，有一點非常值得注意之處，就是令狐沖在學會了化功大法之後，從來沒有使用過，他的武功，始終是學自風清揚的「獨孤九式」。他的一身武功在一把劍，手中沒有了兵刃，他就不行。這在武俠小說中相當少見，尤其是小說中武功最高的人而有這種情形，更屬罕見。通常，武俠小說中武功最高的人，都是內功為主的，金庸其餘小說中，也皆強調內功，洪七公內功一失，就只好躲在御廚不出來了。

在《笑傲江湖》之中，又不是絕對沒有內功的描寫，令狐冲體內的異種真氣就是內功，但偏偏令狐冲就沒有內功。

內功高深，當然是高手取勝之道，但內功全無，一樣可以成為高手取勝之道，令狐冲就是因為全無內功，所以黃鍾公的「七絃無形劍」，就無奈他何。

這種寫法，不單是武術描寫上的一種奇變，而且還是很有道理在的；你有，人家比你更強；你有，就反而成了障礙。根本就全沒有，沒有什麼可以失去的，反倒立於不敗之地了。

◆梅莊莊主各有所痴

「梅莊」這一大段，發現了金庸出神入化的小說創作技巧。附帶說一說四位梅莊莊主，這四個人各有所痴，人品性格，大不相同，也十分有趣。

四個人之中，最有趣的自然是丹青生，他的瀟灑豁達，金庸稱為「實是人中第一等風度」，連「向問天和令狐冲也不禁為之心折」。丹青生的豁達之處，在於他對輸贏並不執著，贏就贏，輸就輸，沒有關係，而且輸了肯服輸，有自知之明，知道自己是真的不如人，而不設想別的種種原因，認為自己是遠勝他人的，只是時也運也，所以才不如人。

看他在和令狐冲比劍之後的話：「第一招便已輸了，以後這一十七劍都是多餘的。」便可知他心目之中對自己的衡量。對自己有公正的估價不難，而還肯當眾講出來，這才需要有寬大、不介意、豁達的胸襟才行。

只是可惜，丹青生的結局不是很好，書中後來也沒有提起。任我行出現之後，事情急轉直下，黃鍾公感到：「十二年來，清福也已享得夠了。人生於世，憂多樂少，本就如此……」一柄匕首插進了心口，就此了結一生。

丹青生在這時，傷心之餘：

滿臉怒容，轉過身來，便欲向王誠撲將過去，和他拚命。……想起已然服了三尸腦神丹，此後不得稍有違抗任我行的意旨，一股怒氣登時消了，只是低頭拭淚。

唉，這是何等悽慘的景象，像丹青生這樣的人，落得個「低頭拭淚」。其實，丹青生生性豁達，不應該勘不破生死大關，「人生於世，憂多樂少，本是如此」，他大可以步黃鍾公後塵，不知他為什麼要這樣做，豈真是千古艱難唯一死乎？

黃鍾公在四人之中，本來最無趣，但他最後結局如此，也就不忍深責。黃鍾公臨死之前的幾句話，十分深刻，可以作為《笑傲江湖》一書，借武林人物喻政治人物的主題：

「任教主性子暴躁，威福自用……東方教主寵信奸佞，鋤除教中老兄弟，我四人更是心灰意懶……」

既然在政治中討生活，而又不能適應，想要退隱，那已經注定是悲劇的開始了，能有十二年清福享，已經是上上大吉之事，可以死而無憾了。

四人之中，最差的自然是黑白子，黑白子的下場也最差，那是應有此報，誰教他那麼貪心，想學吸星大法，這個人不足取，他這種貪婪的性格，可能和沉湎棋藝太久有關，棋藝的過程，就是不斷的爭勝過程。一個人如果長期處在這種過程之中，心態的發展，會變得十分可怕，如黑白子然。

禿筆翁在四人之中，沒有什麼特別，最後低頭拭淚的，實在應該是他，而不是丹青生。

黑白子是下下人物。

丹青生是上中人物。

禿筆翁是中下人物。

黃鍾公是中上人物。

6 葵花寶典和與它有關的三個人

◆欲練神功，引刀自宮

「葵花寶典」、「辟邪劍譜」，是《笑傲江湖》的一條主線，兩者二而一，是一部武林秘笈。這部武林秘笈的來源甚奇，創自太監，所以「欲練神功，引刀自宮」，練功之人，必須將睪丸割去。

這部武功秘笈，經歷曲折之極，一部分落在朝陽神教之手，一部分叫一個和尚偷了去，抄在袈裟上，這個和尚後來還了俗，是七十二手辟邪劍的創始人林遠圖，也就是書中主要人物之中，林平之的祖先，林平之後來得了辟邪劍譜，武功大進。

《笑傲江湖》全書之中，和這部武功秘笈發生關係的，一共有三個人，這三個人為了練功，都自殘身體，引起生理上和心理上巨大的變化。

這三個人是林平之、岳不羣和東方不敗。

辟邪劍譜在林平之的家中，江湖上各路人馬，覬覦者不計其數。《笑傲江湖》一開始，就寫青城派余滄海明奪，而華山派的岳不羣暗算。全書豐富莫名，如萬巒起伏的情節，就此展開。單是這部武功秘笈的來龍去脈、失落、出現的過程，已看得人目為之眩。武功秘笈在武俠小說中一向佔有相當重要的地位，但是從來也沒有一部武功秘笈像《笑傲江湖》中的「葵花寶典」那樣，被作者寫活了，活得像是一個主要角色一樣。

一般來說，武俠小說中的武功秘笈，都不過是一種工具、一個過程、一個爭奪的目標。甲秘笈可以用乙秘笈來替代，而對小說本身不發生任何影響。可是「葵花寶典」就不同，是不能替代的，弄一部九陽真經或九陰真經來替代「葵花寶典」，《笑傲江湖》就不再是《笑傲江湖》了。

金庸小說中的「武功秘笈」出現的次數不多，九陰、九陽真經（《射鵰》、《倚天》）之外，還有《連城訣》中丁典練的「神照功」。小胡斐的「胡家刀法」不算，因為那不屬於內功的範圍。

那些武功秘笈，都未能脫出武功秘笈在武俠小說中的地位。《笑傲江湖》中寫「葵花寶典」，金庸是故意如此的，他要寫一部有突破的武功秘笈，使得武功秘笈在武俠小說之中，有不同的地位，成為不能被替代的一個主要角色。金庸的創作意圖實現之後，無疑問，極其成功。的確從來沒有一部武功秘笈如此重要過，單是武功秘笈的本身，已充分構成了小說中心的條件！

來看看練了「葵花寶典」之後的三個人。

◆岳不羣：偽君子典型

先說岳不羣。

岳不羣在本書之中，是一個極重要的人物，外號人稱「君子劍」，看來正義凜然，大篇道理，德高望重，但是在這些外貌之下，卻是私心極重，詭計多端，心懷叵測。本書一開始，岳靈珊會在福州西部的小酒館出現，就是他刻意的安排。

所以，岳不羣是一個偽君子。

在《我看金庸小說》之中，第一次接觸到岳不羣這個人，就覺得這個人很難下定論，曾如是說：「以他的行為而論，自然是下下人物，但在他這一類的偽君子之中，他卻又是上上人物。」

關鍵不在於岳不羣這個人，而在於偽君子這類人。什麼才是偽君子呢？一般的理解是：這個人說一套、做一套，就是偽君子。這種解釋法顯然不夠，偽君子不是那麼簡單。

要知道偽君子究竟是怎樣的，不是三言兩語可以說得明白的。相信天下對於偽君子的最佳說明，就在《笑傲江湖》之中，將《笑傲江湖》從頭至尾看一遍，特別注意有關岳不羣的部分，就可以知道什麼是偽君子了。

假定各位已看過了《笑傲江湖》，也知道了什麼是偽君子，我就可以來討論一下偽君子這類人了。

偽君子可怕！這個結論是可以肯定的。深一層，偽君子可怕在什麼地方呢？可怕在他小人的真面目，總有一日會暴露出來。

世上有一種論調：寧願真小人，毋取偽君子。這種說法，其實很值得商議。

偽君子的可怕，既然是在於他小人的真面目終有暴露的一天，那麼，到了這一天，他也不過是一個小人而已，又如何可怕得過一直以小人面目出現的人？偽君子至少還有一段時間，是在偽作為君子的。

像岳不羣，是偽君子的典型，余滄海，是小人的典型，兩者相比較，無論如何不能說岳不羣比余滄海、木高峯、左冷禪等人更可怕。

偽君子比真小人容易對付。真小人擺明了是小人，六親不認，無法對付。偽君子擺出來的面孔是君子，用君子的辦法對付他，他還要盡可能偽裝下去，不想扯破面具，因而也有所顧忌，不敢做到絕，這就是偽君子的好處，儘管他心中不那麼想，可是他還是無可奈何，非那麼做不可，那就容易對付得多。

所以，寧取真小人之說，並不很對。或曰，偽君子使人不勝防，因為他戴著假面具在騙你，使你無法識別。當然，並不是說偽君子可愛，偽君子可厭得很，並且和擺明了是小人的比較起來，可厭程度低些，真小人擺明了來豪奪，寧願給偽君子巧取了。

岳不羣是偽君子，殆無疑問，正因為他是偽君子，所以林平之才得保性命，所以令狐冲才得保性命，如果岳不羣不是偽君子，是真小人，林平之、令狐冲之類，早就命喪在他的「小人劍」之下了。

偽君子的心情，應該是十分痛苦的，人生完全像是做戲一樣，做的、講的要和心中想的完全相反，人家簡簡單單可以做到的一件事，他卻要轉彎抹角、大費周章，才能達成。

這樣辛苦的一種生活方式，偏偏世上有那麼多人要這樣做，真是怪事一件。

岳不羣在開始練了「辟邪劍譜」之後，聲音漸漸變尖了，鬍子漸漸脫落了，這是「引刀自宮」之後的結果，但是這種生理上的變化，對他心理上的影響，卻並不大，岳不羣還是岳不羣，他也沒有去喜歡男人，也沒有變得更陰險一些，一切還是按部就班，照他的計畫行事。由此可知，岳不羣是一個自制力極強的人。一般來說，有這類性格的人，都比較深沉，岳不羣本來就是這類人。而他又極其熱衷，一個深沉而又熱衷的人，就注定只好是偽君子了。

說因為岳不羣是偽君子，林平之才小命得保，見以下林平之的話：

「……他幾次三番查問我對你如何，便是要確知我有無自宮。假如當時你稍有怨懟之情，我這條命早已不保了。」

岳不羣有殺林平之之心，但他用的是偽君子的法子，不是真小人的法子，他還要查問，還有顧忌，若換了是余滄海、左冷禪或木高峯，林平之還能苟延殘喘，去練辟邪劍法嗎？

這當中其實還略有破綻，林平之練成辟邪劍法，和岳不羣的時間差不多，兩個人在差不多時間內自宮，生理上變化引起的現象，旁人可能不易覺察，但同樣也在發生變化的岳不羣，又是這樣精明深沉的人，似乎不必去盤問什麼，就應該可以肯定知道了，何必再去盤問女兒？

岳不羣要殺令狐冲，是他自己在真面目暴露之後說的，那時，他沒有必要再說謊，講的正是他心中對令狐冲的恨意：

「那日在黃河舟中……我便已決意殺你，隱忍至今……在福州你落入我手中，若不是礙著我夫人，早教你這小賊見閻王去了。當日一念之差……」

岳不羣「隱忍」、「礙著夫人」，都是偽君子的行為。他在講這句話的時候，後悔自己「一念之差」，差，就是差在他不再做偽君子，要做真小人了。令狐冲能保性命，全靠岳不羣是偽君子。

任盈盈後來罵岳不羣為「半男半女」的「鬼怪」，那是受了東方不敗的影響，其實，岳不羣在中年之後再引刀自宮，女性的傾向，未必見得顯著，對他的性格，影響也不大，不像東方不敗那樣厲害。

最後，岳不羣服下了「三尸腦神丹」，再有花樣，也玩不出來了，大抵只好「低頭拭淚」了。

岳不羣，是偽君子的典型，是偽君子中的上上人物。

◆林平之：悲劇人物

再說林平之。

林平之是《笑傲江湖》中幾個最悲苦的人物之一。

（《笑傲江湖》之中幾個最悲苦的人物，和幾個最幸福的人物，詳見下一篇。）

林平之也是《笑傲江湖》中極重要的人物之一，一部《笑傲江湖》，千頭萬緒的情節，錯綜複雜的人物，全是由他開始的。很奇怪，在《我看金庸小說》的人物榜上竟沒有他，可知《我看》實在是急就之章，囫圇得很，宜乎有再看、三看。

也很奇怪，在《我看》出版之後，四方仁人君子的意見極多，其中有一部分的意見，是集中在提及《我看》中沒有提及的人物上的，提出的人物很多，可是卻也沒人提及林平之。

這真是十分奇怪的事，因為林平之實實在在，是一個極重要的人物，在金庸作品排名第三、極重要的一部小說之中的重要人物，為什麼會不被人加以應該有的注意呢？

當然是有原因的。

原因之一，是林平之這個人，實在不討人喜歡。原因之二，是令狐冲的光芒太強，蓋過了他。原因之三，是他的遭遇，實在太悲苦悽慘，叫人不願想起。

小說讀者在看小說的時候，都有一種代入感，將自己和小說中人物混合，做做小說中的人物。在這樣的心理下，讀者甚至可以設想自己是不戒大師，也十分過癮，但絕不會有人想做林平之，因為若是做人做到林平之這等模樣，真是乏味無趣、至於極點了！

林平之的一生，開始時是很平穩的，做他的少鏢頭，有一干地位比他低的人擁簇著他，在小地方稱王稱霸。他本來不是一個有出息的人，儘管他好勝、逞強，但那也只是一般年輕人的性格，不足以使他有任何突出。若不是意外迭生，終林平之一生，不過是一個鏢頭而已。

可是，江湖上波詭雲譎的變化，卻像是強風暴雨一般，打到了他的身上。

這些發生在林平之身上的變故，對林平之本身，是一點關聯也沒有的，「閉門家中坐，禍從天上來」，他完全沒有主動控制的可能，為來為去，就是為了他家裡有一部「辟邪劍譜」而已。

家裡有了寶物，就引鬼上門，於是橫禍飛來。這種情節，在中國傳統小說之中極多見，或因妻女太美惹禍，或因良田毗鄰惹禍，或因家有至寶惹禍，等等，不一而足。有了好東西，就有貪婪的人來爭奪，幾千年來沒有斷過這種惡行。

林平之父母雙亡，鏢局被毀，隻身流落江湖，這一段日子之中，真是受盡了屈辱，生活發生了極大的轉變，他對於害得他這樣悽慘的一些仇人，刻骨銘心的仇恨，就是在這段時間內漸漸培育而成的。

所以，到後來，他學辟邪劍譜，引刀自宮，目的甚至不在武功本身，而只求有一個使他報仇的工具而已。這種目的，和岳不羣受了辟邪劍譜要來爭五嶽劍派之首，和東方不敗是被秘笈中的武功吸引，都有所不同。

也正由於如此，所以他學會了辟邪劍譜之後，好整以暇，一招一式，在仇人面前使出來，將敵人當貓爪下的老鼠一樣戲弄，盡量享受報仇的快意。

到了那時候，林平之已經了無人生其他的樂趣可言，報仇是他唯一生存的目的，而他的武功已成，報仇又是輕而易舉之事，這一點對他來說，又是更加痛苦的事情。

所以，「辟邪劍譜」實在是一個禍根，當年林遠圖已經知道這一點，所以才要下代子孫，千萬不可去碰這個東西。可是林遠圖實在是個典型的庸人，又貪心，又笨，他在當和尚的時候，已經不是佛門弟子：看到了武功秘笈，就偷歸己有。後來他還了俗，當然也曾「引刀自宮」，自己學會一身本領，也就算了，何必再去過繼兒子，延續下代？而他做了這些俗套之後，又不肯公開將偷來的辟邪劍譜毀去，留著個禍胎在向陽巷的老宅之中，又不許後代去碰，真不知有何作用，有何目的。

林平之不幸的遭遇，源於這位遠圖公的胡裡胡塗，不知所云。

林遠圖是下下人物。

林平之也有快樂的時候，那是他在江湖上顛沛流離之後，投入了華山派，洛陽外公家，初上華山，得了岳靈珊的愛情，那一段時間，應該是他一生之中最快樂的時刻。但是這一段時間，為時甚短。等到他躲在窗外，得知了師父的真面目，撿獲了辟邪劍譜之後，苦難又重新開始了。

他恨岳不羣，連帶也恨上了真心愛他的岳靈珊，天下之大，竟然沒有一個知心人，那真是悽慘至於極點。所以他在自宮之後，不但生理上起了變化，心理上的變化也大，使他更恨世上的一切人。

他刻意修飾自己，將自己打扮得華麗絕倫，這全然是心理上的一種變態。這種變態，越來越嚴重，使他成了一個心理上、生理上雙重的畸人，情形比岳不羣、東方不敗更加可憐。他的全身，都充滿了恨意，一個人如果在這樣的情形下過日子，那是最大的慘痛。

林平之在學會了辟邪劍法之後，日子並不好過，不論岳靈珊對他多麼柔情蜜意，但都已無法領略，繼續他的畸人畸行。

在全書之中，只有岳靈珊了解他，甚至願意和他終身相伴，岳靈珊本來不是一個可愛的人，在她對林平之的感情上，其實也找不到可愛之處，只不過發現她性格之真摯而已。

林平之的下場，是被關進了西湖底的黑牢之中，而且那是令狐冲的主意。

令狐冲是極其可愛的人物，他的性格，將另段詳述。令狐冲在《笑傲江湖》一書之中，所做的事，沒有一件不是令人眉飛色舞、拍案叫絕的。可就是這最後一件事，做得實在太不漂亮，損害了他整個性格的完整。有時真懷疑像令狐冲這種性格的人，是不是真會想出這樣的辦法來對付一個他其實並不是十分痛恨的人——令狐冲的性格，對任何人、任何事，都不會痛恨的。

雖然，令狐冲受了岳靈珊之託，要好好照顧林平之，而最後任盈盈對令狐冲做法的評語是：

「你將林平之關在梅莊地底的黑牢之中，確是安排得十分聰明。你答應過你小師妹，要照顧林平之的一生，他在黑牢之中，有飯吃，有衣穿，誰也不會去害他，確實是照顧了他一生。」

這，純粹是任盈盈的風涼話。西湖底下的黑牢之中，那是痛苦的深淵。人豈是「有飯吃，有衣穿」就算數的？將一隻昆蟲這樣養起來，可以算是照顧了昆蟲的一生，但是將一個人這樣養起來，算是最殘酷的一種懲罰。令狐冲在這樣做的時候，應該想到林平之這個人，在今後歲月中所受的痛苦煎熬。這種痛苦的煎熬，絕不是岳靈珊所願意見到的。

岳靈珊明知令狐冲絕不喜歡林平之，臨死還是將林平之託給了令狐冲，是她深信令狐冲絕不會讓林平之去多受痛苦，更絕想不到令狐冲會這樣子對付林平之。令狐冲真不應該這樣對付林平之的，因為他自己也曾經陷身黑牢，知道在黑牢中的苦楚。

令狐冲陷身黑牢，醒過來，以他的性格而論，尚且：

> 一陣傷心，一陣焦急，又暈了過去。

要注意的是，令狐冲的性格，和林平之的性格大不相同，令狐冲感到痛苦傷心焦急的事，放在林平之身上，會加上十倍百倍的痛苦傷心焦急。

令狐冲在黑牢中的感覺還有：

由惶急轉為憤怒……想到……此後一生便給囚於這湖底的黑牢之中，霎時間心中充滿了絕望，不由得全身毛髮皆豎。

他越想越怕……叫出來的聲音竟變成了號哭……一陣焦急，哇的一聲，噴出了幾口鮮血，又暈了過去。

幾度的暈厥，人不是到了痛苦絕望之極點，不會如此。令狐冲尚且如此，林平之會怎樣？

自然，令狐冲是令狐冲，在痛苦絕望之餘，有時也會胡思亂想，自得其樂一番。但林平之絕對不會，林平之被關進了地牢，仇恨之意，一定更熾，而且也不能有報仇之望，每分每刻，痛苦如毒蛇嚙心，以後的歲月真不知怎麼過。

林平之雖然做了不少壞事，尤其對岳靈珊，罪不可恕，但也絕對罪不至此，令狐冲這樣處置林平之，大大失當，若說令狐冲還恨他搶走了岳靈珊的愛，似乎又太不像令狐冲的為人，原因令人不解。

其實，最好處置林平之的辦法，是一劍將他刺死，自此了無痛苦，一了百了，令狐冲這樣灑脫的絕頂人物，竟沒有想到這一層，真是可惜。

林平之一生遭遇之不幸，不是由他自己的意志所造成的，他以後的種種行動，其行可誅，其情可憫。

林平之是一個悲劇人物。

林平之的體內，蘊藏著一股常人所沒有的狠勁，他用這股狠勁對付自己，對付仇人。在他自己而言，他做得極好。從來也沒有人對他好過，他何必對別人好？或者說，有一個人是真正對林平之好的，這個人就是岳靈珊。

岳靈珊最後，死在林平之的手中，這是林平之在學會了辟邪劍法之後所做的唯一壞事。比起岳不羣得了辟邪劍譜之後所做的壞事來，如小巫之見大巫。

岳靈珊和林平之之間的關係，也很值得詳細研究。他們是全書之中，最早見面的一對重要男女，那時，岳靈珊扮成了醜女，林平之路見不平，拔刀相助。林平之在未家破人亡之前，雖然性格已不怎麼可愛，但也絕不是反面人物，少年意氣，不知天高地厚而已。

林平之在江湖上經歷了一段非人生活之後，投身華山派，重逢岳靈珊，當年福州郊外小店中的醜女，就是眼前明艷照人的師姐，對於岳靈珊喬扮醜女一事，林平之就算在未知岳不羣的陰謀之前，也必然耿耿於懷，覺得有被戲弄之感。

而且，在他的心中，一定認定橫禍之來，是自為了救岳靈珊而起的。後來林平之性情大變，就曾這樣罵過岳靈珊：

「林平之，你這早瞎了眼睛的渾小子，憑這一手三腳貓的功夫，居然膽敢行俠仗義，打抱不平？」

當他在這樣罵的時候，自然痛心之極，恨到了極處。就算在這之前，他未曾明白岳不羣的陰謀，一想起種種變故，皆由那次打抱不平、殺了余滄海愛子而起，心裡能沒有疙瘩嗎？

林平之其實並不憎恨岳靈珊，他曾經對岳靈珊有很公平的評價：

「我沒恨你。」

「你和你爹爹原有些不同，你……你更像你媽媽。」

林平之和岳靈珊之間，也曾有過一段真正的戀情。金庸並沒有正面寫過這段戀情的開始和發展，一切全是在令狐冲的眼中看出來的。那時，令狐冲在思過崖上，每見到岳靈珊一次，就覺得她心境有所變化，從這裡看出岳靈珊是在和林平之談戀愛。

一直到最後，才由岳靈珊的口中，道出了她對林平之的愛意：

「自從你來到華山之後，我跟你說不出的投緣，只覺一刻不見，心中也是拋不開，放不下，我對你的心意，永永遠遠也不會變。」

愛情是最沒有道理可講的。世界上任何人看來，瀟灑豪邁的令狐冲都比拘泥小氣、全身充滿仇恨的林平之可愛得多，但岳靈珊偏偏覺得跟他「說不出的投緣」，別說是旁人，連天老爺也無法可施。

如果不是辟邪劍譜這個禍胎令得林平之自宮，使他變成了一個不能負丈夫責任的廢人，縱使他盲了雙目，也有可能為岳靈珊的柔情蜜意所打動——岳靈珊在林平之眼盲之後，在大車之中的那一大段對話，當真極盡悽婉哀艷之能事，連鐵石人都難免為之心動。

只可惜林平之當時，連鐵石人也不是，而是一個不是男人的人。對林平之而言，岳靈珊情意越濃，他心中的痛苦、自卑也就越甚，岳靈珊的那些話，實在反而成了她自己的催命符！

岳靈珊曾提議和林平之「遠走高飛，找個隱僻的所在，快快活活過日子」。

這種提議，聽在林平之的耳中，實在是最大的諷刺，「快快活活過日子」，豈是他這個已不是男人的人所能做得到的？

林平之那時心境之痛苦，已達於極點，在岳靈珊面前，他的自卑，也至於極點。所以岳靈珊偶然之間提到了「可憐」，林平之立時發狂，將岳靈珊推下車去。那時候，林平之的心態，已然接近瘋狂了。

林平之殺岳靈珊，就是在這種瘋狂的心態下行事的，罪無可恕，然則其情甚是堪憫。

這種瘋狂的心態，使得林平之認定了岳靈珊對他的一番情意，也全然是假的，而且在他這種生理狀態下，根本對女人已沒有了情意。東方不敗在同樣的情形下，就曾將他的七個小妾，一起殺了。

林平之在全身充滿了仇恨之下，努力而上，不惜一切代價去報仇，從來也沒有人報仇報得像他那樣子慘烈的，而他卻一直勇往直前。最主要的是，他的仇恨全不是他自己找來的，而是橫逆之來，來自他全然無法臆測的外來力量，他全然身不由主！

林平之是上上人物。

（寫完這一段，與金庸閒談，談起「評了林平之是上上人物」。金庸說：「評林平之為上上人物，只怕無人心中會服。」所以，又將自己所寫的，再仔細看了一遍。林平之若不是上上人物，就應該是下下人物，兩個極端，沒有中間路線可走。那麼，是不是改他為下下人物呢？幾次下筆要改，不是不忍，總覺不妥，所以仍然維持原議，讀者諸君若不同意，也無辦法可想，反正《我看》、《再看》、《三看》

全是發表個人意見，並沒有要人人同意的意圖在。）

◆東方不敗：寬容的奪權者

最後一個，是東方不敗。

東方不敗是書中一個極重要的人物，不是他背叛了任我行，就不會有《笑傲江湖》這部書。書中主要的情節，全是他的行為引起的。

金庸寫東方不敗這個人，寫得極其出色。在全書開始不久，就有人提起了他的名字。以後，他的名字不斷在各種各樣的人物的口中出現，但是他本人始終未曾出場。一直到了任我行、向問天、令狐冲、任盈盈四人上黑木崖去找他，他才正式出場。

但是他一出場，連場景都沒有換，就已在幾大高手圍攻之下死了。在全書之中，他只有「一場戲」，然而就是這一場戲，卻寫得這個人物如鬼如怪，看得人連氣也透不過來，看完了這一段情節之後，掩書吁氣，仍不免有皮膚起疙瘩之感，給讀者的震撼之大，即使在金庸的小說之中，也屬罕見。

同樣的場景，在金庸小說之中不是沒有，如喬峯率領契丹十九騎闖少林等等，但是詭異氣氛如此之甚，如此驚心動魄，如此令人心悸的，就以黑木崖上，以東方不敗為主的這一段為最。這一段，鬼氣之深，無以復加。金庸筆下，變幻萬千，能帶給讀者各種各樣情緒上的感染，真叫人嘆為觀止。

東方不敗本來是日月神教（朝陽神教）中的重要幹部，得到任我行的重用，但是後來，他背叛了任我行，自任教主。

在武俠小說中，背叛行為一直被認為不可赦的，所以一般來說，東方不敗也成了反面人物。然而對一個人之定論，不能那麼草率，東方不敗是不是真的那麼「反面」，只怕也不見得。

東方不敗本來是任我行的手下，任我行這個教主，黃鍾公給他的評語是「性子暴躁，威福自用」。要伺候這樣一個教主，豈是容易的事情？當真是伴君如伴虎。尤其後來，任我行練吸星大法，性情變得更暴躁，東方不敗作為任我行的主要助手，更加難以自處。

東方不敗的才能極高，這一點，連任我行也是佩服的，任我行的「三服三不服」之中，東方不敗就居他佩服者之首。

東方不敗的性格，一定比任我行更寬容，更能得人心，任我行佩服他的，也可能是這一點。當東方不敗奪權之際，教中掩護他的人若不是佔多數，那他也不可能一舉成功。

至於他得勢之後的倒行逆施，殘害教中兄弟，那不是他的主意，而是楊蓮亭的意思，那時，他已經全然不理教務，教中發生的事，全然和他無關了。

東方不敗性格上的寬容，表現在他對付任我行和任盈盈上。他已經掌握了日月神教教主的大權，要殺任我行、殺任盈盈，易如反掌。任我行的武功再高，他只消一道令下，不供應任我行食物，餓也餓死了他。這說他性格寬容也好，說他優柔而不適宜於殘酷的政治鬥爭也好，他的這種性格，就說定了他不是不敗，而是必敗。

金庸在《笑傲江湖》的後記中，寫得很明白，他說，《笑傲江湖》寫作的時期，正是中共文化大革命進行期，所以在「對政治中齷齪行徑的強烈反感，自然而然反映在每天撰寫一段的武俠小說之中」。

事實上，不單《笑傲江湖》如此，之前《天龍八部》中寫星宿派，之後《鹿鼎記》中寫「神龍教」，全都是這種「反映」。所以，在提到了日月神教中的鬥爭之際，就自然而然，用上了「政治鬥爭」這樣的字眼。

事實上，從來也沒有任何一種文字形式，再比金庸小說那樣生動真實地反映了當時中共「當權派和造反派為了爭權奪利，無所不用其極，人性卑污集中地顯現」的情形，也沒有任何一種文字形式，比金庸小說更深刻地刻劃了人性。

中共的文革已經成為過去，但是人性的卑污所顯現的種種鬥爭還在持續。這些年來，有很多文學作品，是企圖透過刻劃人性來反映這種齷齪行為的，但沒有金庸小說中所寫的那樣揮灑自如，而又入木三分的。金庸小說在這方面的價值極高，不容忽視，可以列入專題討論的。

東方不敗對付任我行，極其寬容，至少比當時中共當權者對付劉少奇、賀龍等人寬容得多，劉、賀都是活活餓死的。東方不敗對任我行，寬容之中還可以說有嚴刻，他囚禁了任我行，只不過不殺而已，但是對任盈盈，卻寬容得近乎縱容了。

任盈盈是任我行的女兒，東方不敗不可能以為任盈盈會擁護他，然而他非但不限制任盈盈的自由，還容許她對教中的人物行好事，廣結人心。教中人物有什麼不愜東方不敗之意的，任盈盈去說情，東方不敗居然大都首肯，將交情賣給了任盈盈，以致任盈盈成了眾教眾心目中的「聖姑」。

東方不敗的這種行為，真是怪不可言。日月神教的教眾，對任盈盈和東方不敗之間的關係的看法是：

> 東方不敗，對她也是從不違拗。

而任盈盈「自大任性」的性格，非但未受限制，反倒比她父親做教主時，更加風光。為了她而到少林寺去的群豪，超過五千人——在河南境內，已有四千餘人，來到少室山附近時，「又有大批豪士來會」，「少說也有五六千人」。

這五、六千人，全是江湖豪士，連少林寺這樣居武林之中泰山北斗的根本重地都敢去攻打，是一股極其強大的勢力。任盈盈若就用這股勢力去反對東方不敗，只怕日月神教要應付，也是不易。

東方不敗為什麼對任盈盈那麼好？是不是由於他對付了任我行，是以心中對任盈盈有了愧意？如果真是這個原因，那麼，就算他不是因為生理、心理上起了變化，不理教務，單憑他這種性格，也必然在日後的鬥爭中被淘汰出局。

東方不敗的性格，其實是絕不適宜於人性卑污集中顯現的殘酷鬥爭的，他之所以奪了教主之位，當真有不得不爾的苦衷在。

對於東方不敗如何奪教的經過，金庸並沒有正面寫。他奪教的經過，捉任我行的經過，將任我行關進監牢的經過，讀者都只好憑自己的想像去想，金庸都沒有寫出來，只說一下子就成功了。

觀乎他對任我行、任盈盈的寬容，以他這種性格，當時根本是擁護他的人多，擁護任我行的人少，殆無疑問，不然也不會一下子就成功。

東方不敗不但對任我行寬容，對任盈盈縱容，甚至對向問天也不壞。他也沒有殺向問天，而東方不敗應該明知向問天是他的大對頭。

向問天也只是被囚禁而已，而且囚禁的地方，也不類西湖底下的黑牢，向問天可以逃出來，非但逃出，身邊還有彎刀，只不過雙手被鎖上鐵鍊而已。

東方不敗若是對向問天嚴厲一些，早將他殺了，以後的情形自然也改變了。

在這些過程中，還有一點令人大惑不解的是，當時日月神教的真正教主，已經是楊蓮亭了。楊蓮亭這個人，武功雖然不濟，但卻是一號人物，他對教中舊兄弟並無感情，為了要培植鞏固自己的勢力，自然非建立一種新的權威不可，是以他的所作所為，對他來說，是必須的。東方不敗不殺向問天，楊蓮亭何以也不殺？

東方不敗對任盈盈的要求「從不違拗」，楊蓮亭難道也聽之任之？這個疑點，也是說明了一點，連楊蓮亭都不是殘酷鬥爭中的勝利者，人性的卑污面還不夠集中，在需要人性如豺狼的鬥爭中，自然倒了下來。換句話說，東方不敗、楊蓮亭，還是太「好」了，要再壞，才能成為勝利者。

等到任我行再上黑木崖，他對付楊蓮亭和東方不敗，就狠毒得多。東方不敗死到臨頭，還用自己的性格去變任我行的性格，居然去求任我行！

「請……你瞧在我這些年來善待你大小姐的份上……請你饒了楊蓮亭一命，將他逐下黑木崖去便是。」

而東方不敗得到任我行的回答是：

「我要將他千刀萬剮，分一百天凌遲處死，今天割一根手指，明天割半根腳趾。」

東方不敗直到這時，才知道任我行和他不同，才知道任我行「好狠毒」！

東方不敗不是笨人，相反，聰明才智過人，但是性格生成如此，沒有辦法。要一個人去了解另一個性格全然不同的人，是最困難的事，所以，在東方不敗這樣的人物，也要至死才悟。

在這些過程中，另有一個極大的令人疑惑之處，百思不得其解，那就是任盈盈這個「自大任性」的大小姐，對她父親的生死下落，似乎漠不關心。在全書之中，找不到任何任盈盈想報仇，想對付東方不敗，想弄明白老父生死下落的描述。這位大小姐，只是安安靜靜地享受東方不敗的愛寵和縱容，真是怪不可言。連任盈盈自己也覺得：

「待我著實不薄，禮數周到。我在日月神教之中，便和公主娘娘無異。今日我親生爹爹身為教主，我反無昔時的權柄風光。」

這個疑問，只怕要金庸自己來解答了。本來可以揣測她和東方不敗之間，另有一種非常特殊的感情。但一來，這種揣測，不倫不類至極。二來，父仇不共戴天，就算有感情，也不應如此，甚至連報仇的念頭都未曾起過，所以，只好存疑了。

東方不敗的性格已經分析過，可以來看看他在練了「葵花寶典」之後的情形。要練「葵花寶典」，情形和岳不羣、林平之一樣，當然是「引刀自宮」。東方不敗自宮的情形，作者寫得比較具體：

任我行伸手到東方不敗胯下一摸，果覺他的兩枚睪丸已然割去。

東方不敗在自宮之後，變化之大，也遠超乎岳不羣和林平之。岳不羣不過是說話聲音尖了，鬍子掉了；林平之不過是愛打扮自己了，略有女性化的傾向而已。

而東方不敗，卻在心理上，完全把自己當成了女性！

東方不敗是：

「漸漸的……性子也變了……從此不愛女子，把七個小妾都殺了，卻……卻把全副心意放在楊蓮亭這鬚眉男子身上。倘若我生為女兒身，那就好了。」

他自己表達自己心理內態的話還有：

「慢慢悟到了人生妙諦……終於明白了天人化生、萬物滋長的要道。」

「一個人生而為女子，已比臭男子幸運百倍……我若得能和你易地而處……就算是皇帝老子，我也不做。」

這些東方不敗的自白之中，除了「天人化生」這一段，晦澀而不容易了解之外，其他的都明明白白，說明東方不敗在心理上，千願萬願自己是個女人。

這裡還有很隱晦之處，是在心理上，他將自己當作女人，在生理上的情形如何呢？

他和楊蓮亭之間的關係，在旁人眼中看來，「便似一個賢淑的妻子服侍丈夫一樣」。在沒有人見到的時候，情形如何？

東方不敗是完全站在女人的立場上，愛著楊蓮亭這個鬚眉男子的，所以他自不怕死，還要為楊蓮亭求情，對楊蓮亭有情有義之極。

在《我看金庸小說》中，曾提及東方不敗和楊蓮亭之間的關係是同性戀。但今深究下來，那已經不能算是同性戀了。東方不敗在自宮之後，曾「練丹服藥」，所服的藥，多半會有豐富的女性荷爾蒙，使他的性別，更接近女性。

過去在星馬旅行，曾遇到一位由男性變為女性者，施行手術之後，不斷注射女性荷爾蒙，幾乎已完全女性化，完全可以適宜男性的需要，且持有政府部門發出的正式由男性轉為女性的證明文件。東方不敗的情形，大抵類此，再深究下去，未免太「尋幽探秘」了。

東方不敗的遭遇，旁人看來，甚是悽慘，但是他後來心理狀態已完全改變，以做女子為樂，在他自己而言，似乎也沒有什麼痛苦。

東方不敗性格寬容，所以在殘酷的鬥爭中倒下來，他不夠狠毒，不適宜從事這樣的鬥爭。

東方不敗，是上上人物。

7 三幸三不幸

《笑傲江湖》中，有三幸三不幸。

三幸，三個幸福的人，是：任盈盈、桃谷六仙、楊蓮亭。

任盈盈自小便是日月神教教主之女，到後來，父親倒台了，她依然風風光光做她的大小姐，要風得風，要雨得雨，一生之中，沒有受過半點挫折，到最後，還和令狐冲愛情圓滿，像她這樣幸運的人，真是罕見。

桃谷六仙智力低而武功高。武功高未必是幸事，但武功高而智力低，卻是大幸事。智力低，根本不知什麼叫痛苦，而又武功高，可以在他們的智力範圍內任情胡鬧，無憂無慮，人家也不敢招惹，為人若此，庶無近矣，這是最幸福的人的典型。

楊蓮亭死得甚慘，但他根本是一個不怕死的硬漢子，死對他來說，不算什麼。楊蓮亭武功低微，也不見得會有什麼高貴的出身，全然是因為東方不敗愛上了他，藉了這一點機緣，青雲直上，當上了日月神教的實際教主，有過十年的時間，使他成為超級大人物，而他原來實在只是一個卑不足道的小人物。小人物而有這樣的機緣，享了這十年的大好風光，幸運之神，何其看顧楊蓮亭如爾！

三不幸是：儀琳、林平之、江飛虹。

儀琳和林平之的不幸，前文已有述及，不贅。

江飛虹是什麼人？不是將《笑傲江湖》看得滾瓜爛熟的人，絕不會記得他。這個人在書中根本沒有出場過，只在殺人名醫平一指的口中提起過一次，而且這一段，在新作中全被刪去。

本來金庸寫的是平一指罵令狐冲，藍鳳凰給他服了「五仙藥酒」，又曾在船上叫了令狐冲一聲「大哥」。而這位江飛虹先生，是武林高手，點蒼派柳葉劍。此人單戀藍鳳凰十年之久，想來不知送出了多少雲南名種茶花，但藍鳳凰對江先生沒有興趣，偏偏對令狐冲很好，叫了一聲「大哥」。

原來雲南苗女，「大哥」是只叫情人的，江飛虹先生一聽到這個消息，大大悲憤，就用他的柳葉劍抹了脖子，為愛情犧牲了。

這個人之不幸，也到了極點。藍鳳凰自然可愛之極，值得戀慕。天下男人最不幸的事，就是硬要愛上一個太值得戀慕的可愛女子。像藍鳳凰那樣的女子，戀慕可以，有表示也可以，對方拒絕之後再努力也可以，一年不成，期請兩年，兩年不成，期請三年，三年之後，可以死心了。

江先生不死心，一直苦戀了十年之久。這十年之中，單戀的滋味，已是難受之至，從他後來的行動來看，他並不是一個想得開的人，十年來的苦惱，真是不足為外人道。而且最後，還是要抹脖子了結，遭遇之慘，可列入三不幸之中。

8 黃河老祖

黃河老祖在全書之中，算不得是什麼重要人物，但是給人印象深刻。那是由於他們兩人的名字好，和其中一個好酒、一個愛女兒之故。

「老祖」這個名稱，自《蜀山劍俠傳》的綠袍老祖開始，不知在武俠小說之中被用過多少次，金庸將之一分為二，成了兩個人，真是遊戲之筆中的神來之筆。

金庸小說中的人物名字，並沒有什麼特別突出之處，郭靖、黃蓉全是普通人的名字。楊過字改之，那是郭靖這個笨人的笨作，楊過有什麼過，為何要肯定他有過而改之？有過的是楊康，與楊過何涉？但楊過倒是一個很好的名字，而且也不怪。

武俠小說作者中取名字妙的是古龍，花滿樓、西門吹雪等名字，都很「武俠小說」。

然而黃河老祖的名字，倒真是好到不能再好。一個姓老名爺字頭子，一個姓祖名宗字千秋，合起來，就是「老祖」。妙趣天然，無法再有同類的名字出現。筆者早年寫武俠小說時，曾用過兩兄弟的名字，一名「天」，一名「地」，偏偏他們姓謝，就成了謝天謝地，也算是有趣，然則不如黃河老祖。

祖千秋人看來骯髒，但對飲酒是內行。老頭子可憐，有一個頑疾纏身的女兒，這個女兒，老頭子愛之入骨，對女兒這樣疼愛的父親，一定是個好人。老頭子的女兒後來下落如何，全書未曾提及，然而令狐冲與之相遇的那一段，加上桃谷六仙在一旁夾纏，成為極有樂趣的妙文。看到祖千秋向老頭子「恭喜恭喜」，老頭子回罵「恭你奶奶個喜」之際，能不哈哈大笑者，怕世上再難有引得發笑之事了。

老頭子的寶貝女兒，芳名老不死，和《天龍八部》中包不同的女兒，芳名包不靚，堪稱雙絕。

9 令狐冲

《笑傲江湖》令人百讀不厭的主要原因是：金庸在這部小說中，塑造了一個絕頂人物令狐冲。

◆ 行雲流水，隨意所之

令狐冲性格的可愛處，是金庸筆下人物之最，他比楊過多了幾分隨意，比韋小寶多了幾分氣派，比喬峯多了幾分瀟灑。

令狐冲在金庸的心目之中，也是一個和其他人物不同的人。在金庸的小說之中，從來也沒有一個，用了那麼多筆墨寫這個人的性格的。不但在令狐冲的言、行之中，表示他的性格，不但在他人對令狐冲的評語中，表現他的性格，而且還主觀地去寫他的性格。

在《笑傲江湖》之中，寫令狐冲性格的地方，隨手翻閱，隨處可見：

……傷得如此厲害，兀自在說笑話。

令狐冲愛說笑話，那是他內心不將任何事情看得嚴重的表現。在令狐冲這樣性格的人看來，天下無不可拿來說笑之事，天塌下來，也可以當被子蓋。

令狐冲於世俗的禮法教條，從來不瞧在眼裏。

「說話不騙人，又有什麼好玩？」

令狐冲追求「好玩」，這是真正遊戲人生者才能說得出來的話。

「你就是口齒輕薄，說話沒點正經。」

這是岳不羣罵令狐冲的話，令狐冲是一個什麼都不放在心上的人，對他來說，天下根本沒有什麼事是正經的，說話又何必正經，這種想法，世人目之為輕佻，其實是最看得開的想法。

「你這小子……必定是耍無賴、使詭計，混蒙了過去。」

這是岳夫人對令狐冲的評語，岳夫人對令狐冲了解甚深，是令狐冲的第一知己。

「大師哥說話行事瘋瘋顛顛。」

這是林平之對令狐冲的最早看法，可知令狐冲的言行是如何驚世駭俗。

天性跳盪不羈。

率性任情，不善律己。

「……只有如此胸襟的大丈夫，才配喝這天下名酒。」

這是田伯光讚令狐冲的話。喬峯再喜歡喝酒，不會和田伯光喝酒吧？令狐冲對什麼事都不認真，無所謂，渾然無我，這是最高境界。

「到了不得已的時候，卑鄙無恥的手段，也只好用上這麼一點半點了。」

風清揚也是令狐冲的知己，一聽得令狐冲這樣講，「大喜」：

「好，好！……大丈夫行事，愛怎樣便怎樣，行雲流水，隨意所之，甚麼武林規矩，門派教條，全是放他媽的狗臭屁！」

而令狐冲聽了風清揚的話之後：

……這幾句話當真說到了他心坎中去，聽來說不出的痛快。

這一老一少兩人，性情相投，自然一方說出來的話，會打進另一方的心坎中。在這裡，有一件事，倒值得提出來一下，令狐冲說「到了不得已的時候，卑鄙無恥的手段，也只好用上這麼一點半點了」。可是看畢全書，令狐冲連半點卑鄙無恥的手段也沒有用過。

這是一種很值得提出來討論的情形。一個人在思想觀念上認定了某些事是可以做的，並不一定說這個人一定會去做這些事。

什麼事可以做，什麼事不可以做，都是當時社會時代背景下產生的一種約束，有些在某一時期萬萬不能做的事，在時代社會背景改變之下，變得極其普通，人人都在做。能做、不能做，那是一種約束，這種約束對性格上不受約束的人來說，「只是狗屁一樣」。那是對約束的一種反抗，並不一定自己非做不可。如果在思想觀念上，也不能對約束有任何的反抗，那是對人性的侮辱。

令狐冲並沒有在榮辱關頭做過任何卑污之事，後來，在《鹿鼎記》中，韋小寶倒是做了一些，韋小寶的作為，完全合乎令狐冲的思想觀念，卻至今被讀者非議，真是冤枉之至。

「他知道我性子太過隨便。」

「我令狐冲向來不是拘泥不化之人。」

「只是此人從小便十分狡獪。」

岳不羣始終認為令狐冲「狡獪」，令狐冲固然花樣百出，但樣樣是真，岳不羣處處作偽，突然有招架不了之感。

◆生性開朗，光明磊落

「但願她將我忘得乾乾淨淨，我死之後，她眼淚也不流一滴。」

這是令狐冲對岳靈珊的希望，他苦戀岳靈珊，落花有意，流水無情，但倒也看得開，為對方著想，寧願自己「胸中總是酸楚難當」。酸楚難當，並不是令狐冲看不開，而是任何正常人的正常反應。情關，世上若有人能夠勘得破，他早已不是人而是神了。所以令狐冲有時也難免：

……胸口一酸，更無鬥志，當下便想拋下長劍，聽由宰割。

令狐冲本來就不是很有鬥志的人。鬥志這門事，是林平之這一類人的事，和令狐冲這類人是無關的，隨便來，隨便去，無拘，無束，弄個鬥志放在心中，將自己做鬥志的奴隸，所為何來？

「暫受一時委屈，又算得甚麼？」

又有什麼是「算得甚麼」的？有了委屈，連解釋也懶得去解釋，令狐冲之可愛，至於極點。

令狐冲對這件事其實並不介懷，淡淡的道……

令狐冲輸了錢，叫幾個小無賴打了一頓，打得鼻青目腫，他一樣不放在心上。

「弟子自知命不久長，一切早已置之度外。」

「閣下性情開朗。」

這是任大小姐對令狐冲的第一句評語。一個垂死之人，還能給人以「性情開朗」的印象，捨令狐冲外，誰有此能？

「想是因他胸襟豁達之故。」

這是綠竹翁的評語。

令狐沖生性本來開朗。

金庸借任盈盈之口說「開朗」，還嫌不足，又用作者主觀之筆，再強調一次。

知他素來生性倔強。

岳不羣的評語，「狡獪」之外，還有「倔強」。

「生死置之度外，確是大丈夫本色。」

令狐冲自己說了生死置之度外之後，又借平一指的口這樣說。

「每個人到頭來終於要死的，早死幾年，遲死幾年，也沒多大分別？」

這是令狐冲自己對生死置之度外的複述，字句不同，意思是完全一樣的。令狐冲並不是說說就算，而是真的不在乎，將自己的血去給老不死喝。

他生性倜儻，不拘小節。

這是作者的主觀評語。

他生性不羈，口沒遮攔。

也是作者的主觀評語。

心中一蕩，便湊過去在她臉頰上吻了一下。

真是「不羈」、「不拘小節」之至。這種事，金庸筆下人物，除了令狐冲之外，只有韋小寶會做，這兩人性格頗有相近之處，韋小寶性格在金庸筆下形成之初，不知金庸有沒有想到過令狐冲？

令狐冲、韋小寶兩人性格有相近之處，兩人若能相遇，一定成為莫逆之交，相互之間的每一句話都可以說到對方的心坎去。但是，韋小寶和令狐冲，又是截然不同的。寫小說，最難是寫兩個性格相近的人而將之寫得截然不同，金庸在令狐冲和韋小寶這兩個人身上，做到這一點。

好在他生性豁達。

金庸的加評。

「我便獨來獨往，卻又怎地？」方證大師愕然，沒想到這少年竟然如此的泯不畏死。

他二人均是放蕩不羈之人。

「我這浪跡江湖、素行不端的一介無名小卒。」

令狐沖倒很有自知之明，「素行不端」至於極點矣！他對莫大先生也承認「品行不端」，可是莫大先生倒還真佩服他，說他自己對著「滿船妙齡尼姑，如花少女」，他自己就「要像你這般守身如玉，那就辦不到」。

一個性格隨便的人、放蕩不羈的人、佻達的人，也並不是沒有原則的，一樣「有所不為」。莫大先生實在並不了解令狐沖的真正性格，不必佩服，那是理所當然之事。

「他胡鬧任性，輕浮好酒。」

這又是岳夫人的評語，岳夫人是站在師娘的立場來看小孩子的。令狐冲自己也知道頑童性格頗重，所以感到「這八字確是的評」。其實這八字，並非令狐冲性格的全部，只是一部分而已。

「老弟是直性子人，隨隨便便，無可無不可……」

冲虛道長從他自己的觀點來看令狐冲，又是另外一副景象。

他為人又是隨隨便便。

作者的重現描寫，重複冲虛道長的話。

「冲兒任性胡鬧……但他自小光明磊落，決不做偷偷摸摸的事……他這等傲性之人……」

這又是岳夫人對令狐冲的評語。

◆瀟脫豁達，臻於化境

將一部《笑傲江湖》隨手翻閱，並非刻意尋找，對令狐冲的性格，已有這許多。

金庸對令狐冲的性格特別著意刻劃，是有原因的，原因是像令狐冲這樣的性格，並不多見。令狐冲真正是瀟脫豁達，臻於化境的一種人，這種人在古代社會或許還多些，現在社會真是少之又少。他任性胡鬧，只是為了想不受拘束，任何加在他身上的束縛，他都會當作在背的芒刺。他不一定不喜歡這種束縛，但如果一定要他非有這種束縛不可，他就受不了，這就是不羈性格的典型：你讓他去做一件事，他未必去做，如果你不讓他去做，他倒非要做來看看。

金庸在《笑傲江湖》的後記中說：

令狐冲是……追求自由和個性解放的隱士。……「笑傲江湖」的自由自在，是令狐冲這類人物所追求的目標。

其實，令狐冲這類人物，根本不追求什麼，只是從心底認為，自由自在應該是人天生的權利，他們不追求，只是對那種拘束枷鎖，不斷抗拒而已。

令狐冲是這樣性格的一個人，金庸在書中，卻安排了一節，由他來宣讀華山派的七大戒律，宣讀的對象是林平之。

這七大戒律，倒可以拿出來看看，相當有趣，看看宣讀者令狐冲本身，能做到多少：

一、首戒欺師滅祖，（能）不敬尊長。（不能，不能）
二、戒恃強欺弱，擅傷無辜。（能）
三、戒奸淫好色，（能）調戲婦女。（不能）
四、戒同門嫉妒，自相殘殺。（能）

五、戒驕傲自大，得罪同道。（不能）

六、戒見利忘義，（能，能）偷竊財物。（不能，不能）

七、戒濫交匪類，勾結妖邪。（不能，不能，又不能）

《笑傲江湖》第三集的封面圖（編按：遠流版《金庸作品集》置於彩頁中），是一條鯰魚，扉頁上的印章是「襟上杭州舊酒痕」。鯰魚是八大山人所繪，文字說明（可能是金庸所加）中說：

圖中之魚寥寥數筆而神態生動，似是在江湖間自在遊蕩。

鯰魚是一種十分有趣的魚，外形給人一種滑稽感。早年在農村生活時，常常捕捉。牠十分難捉，魚身上有一種十分滑膩的黏液，捉在手裡，也會被牠滑脫。有時，好不容易雙手將之緊握，急奔離岸，但仍不免被牠掙脫，躺在草地上迅速扭動身體，蹦進河水之中。

後來，找到了一個捕捉牠的竅門，原來鯰魚十分貪吃，口又大，用普通的鐵絲，彎成魚鉤，隨便放上一些釣餌，甚至一團紅布，就可以將牠釣出水來，剖而烹之，皮滑肉細，十分可口。

鯰魚的自在遊蕩也是有限度的，因為牠貪吃，有了貪念，自由自在就結束了。

在《笑傲江湖》的後語之中，金庸又說：

充分圓滿的自由根本是不能的。

就是因為人有欲望之故。即使如令狐冲，也未能做到充分圓滿的自由自在，外來的一切拘束，可以完全置諸不理，生死也可置諸度外，但是來自內心的拘束呢？

一九八一年四、五月間，和金庸一起在夏威夷。一日，街頭閒逛，看到一位藝術家在街頭用玻璃在創作，有各種各樣的人像、平衡裝置等等，水準甚高。佇足細觀之後，發現了一件作品，當時就愛不忍釋，由金庸買了下來。

這件藝術品的標題是「心囚」，用玻璃塑造了一個看來極其痛苦、急求解脫的人，被困在一張網中。

這張網，其實根本網不住這個人，空隙極大，這個人隨時可以穿網而出。可是這個人卻像是絲毫不知道可以穿網而出一樣，在網中苦苦掙扎。

這張網，是來自這個人內心的拘束，是一張心網。再不想受拘束的人，也突不破這張網，「解脫一切欲望而得以大徹大悟，不是常人之所能。」令狐冲也正好是常人，所以也不能，這是常人的悲哀，和拘束的抗拒力量再大，也無法和自己相抗。

令狐冲已經做得最好了。

令狐冲是絕頂人物。

10

日月神教

日月神教，本名朝陽神教。在《笑傲江湖》之中，日月神教是和五嶽劍派對立的「魔教」。

這個日月神教，不單是武俠小說中普通的教派。金庸透過了寫日月神教，並不是刻意，但是無可避免地影射了「文化大革命」時期，血肉橫飛的中共黨內鬥爭，和不顧一切奪取權力的情形。

這種情形，在《鹿鼎記》的神龍教和《天龍八部》的星宿派中，也可以見到影子。

日月神教在東方不敗只欲得躲在房裡繡花之後，一切全由楊蓮亭主持。而楊蓮亭卻養了一個貌似東方不敗的嘍囉，坐在東方不敗的位子上，冒充東方不敗。這一段，寫得更深刻。

在某種制度之下，問題已不在於坐在位子上的是什麼人。坐在位子上的是東方不敗也好，是姓包的小嘍囉也罷，甚至到後來，坐上去的是任我行，只要制度不變，全是一樣的。

問題是在於整個制度，不在於個別的人。

日月神教中的種種口號，自然也是自實際政治情形中得來的靈感。最有趣的是，金庸創造了「千秋萬載，一統江湖」的口號。後來，中共改國歌，將原來「義勇軍進行曲」中的歌詞改去，新訂正的歌詞之中，竟然有極其類似的句子出現。是中共的「國歌」修訂者看過《笑傲江湖》之後得到的靈感，還是巧合？

當然，那是巧合，其實，也並不算是怎麼「巧」法，因為兩個組織，有太相類似之處，所以才出現了幾乎完全相同的口號。

任我行從高處摔下來之後，日月神教由任大小姐接管，變成了上下一片沖和，這自然是作者的幻想，事實上，像這樣的一個組織，一定免不了不斷的權力鬥爭，不可能因為一兩個人的主觀願望而改變的。任大小姐未必對教務有興趣，若讓向問天掌握，情形便不十分佳妙了。

11

兩個見首不見尾

《笑傲江湖》之中，有兩個神龍見首不見尾的高人。

◆劍宗高手風清揚

第一個是風清揚。

風清揚此人之來，簡直有點不可思議。他是當年華山派劍、氣兩宗之爭的劫後餘生者，後來武功之高，已屬驚人。令狐冲跟他學了不多久武功，只要一劍在手，便已無人能敵，他本人可想而知。

風清揚住在華山思過崖已有多少年了？華山上下全然不知，影蹤之詭秘，超乎想像之外者。但其出場時，是在令狐冲和岳靈珊對劍之後，想是忍不住多年來的寂寞，所以將「玉女十九劍」中的招數，在令狐冲面前使將出來，炫耀一番。

一現之後，再次出現已隔了好久，是令狐冲打不過田伯光之後的事了。再次出現之後，授劍術，講武術之道，大大合了令狐冲的脾胃。風清揚在隱居了數十年之後，忽然有了令狐冲這樣的一個談話對手，而且還語語合拍，心中的高興，可想而知。所以，他才將「根本無招」這至高無上的武功要訣，告訴了令狐冲。

也只有令狐冲這樣性格的人，才能了解到這個武學上的無上要旨。

後來，又教會令狐冲「獨孤九劍」。這裡有一個問題，風清揚是怎麼練到「獨孤九劍」的秘訣的？書中全無交代，只好憑讀者自己去想像了。創設獨孤九劍的人叫獨孤求敗，從這個名字來看這個人，縱使天下無敵，也真是可憐得很。

有一個設想：獨孤求敗「畢生想求一敗而不可得」。如果，有朝一日，他求敗得敗了，會怎麼樣？

一個人長期以來，處於無敵的勝利狀態之中，會感到寂寞、無聊、乏味、無趣之極，所以想求敗，但它其實求敗是虛，求勝是實。真的有朝一日他求敗得敗，接下來他肯就此算數了嗎？當然不是，一定是殫智竭力，再用種種方法，去反敗為勝，重嘗勝利的滋味。所以求敗也者，還是想進一步求勝。若是心中根本沒有勝敗之念，還有什麼好求的？

所以，獨孤求敗是個執著拘泥之人，儘管他所向無敵，其人並不可愛。

風清揚出現的作用，就是造成令狐冲學會了絕頂武功，沒有什麼別的作用，後來不知所蹤，成了「神龍」。

◆瀟湘夜雨莫大先生

另一個見首不見尾的人，卻寫得比風清揚好得多。落墨雖然不多，但寫來活現，一鱗半爪隱現之際，皆跳躍騰挪，極具氣勢。

這個人，是衡山派掌門莫大先生。

莫大先生這個人，是全書之中最怪的怪人。在舊版中，莫大先生後來死在華山，但新版卻沒有死，怎樣逃生的經過沒有，他的琴聲，卻在令狐冲和任盈盈結婚之際，隱隱傳來。這一段，新版高出舊版許多，莫大先生行蹤詭秘，行事奇特任性，猶在令狐冲之上。

莫大先生殺嵩山派高手這一節最是驚心動魄。為的是當時也，莫大先生和大嵩陽手費彬惡鬥，在一旁的人甚多。有劉正風、曲洋，有令狐冲、儀琳。

莫大先生殺費彬一事，是萬萬不能傳出去的。一傳出去，軒然大波，只怕莫大先生也罩不住。但是他卻對在場四人，了無顧忌，一出手已立定了殺意，殺了人之後，交代一句的話都沒有，便揚長而去。

就算他料定了曲洋、劉正風都已決意自盡，難道不怕令狐冲和儀琳會洩露此事？尤其儀琳是一個全無機心、有什麼說什麼的人。

莫大先生什麼都不在乎，天不怕地不怕的性格，當真非同凡響，他絲毫也不在意，不叮囑在一旁的四個人，不要將他殺費彬的事講出去，因為就算四人之中，有誰將這件事講出去了，他也不怕，大丈夫一人做事一人當的風格，發揮到了淋漓盡致的地步。

那四個人中，劉正風和曲洋死了，儀琳和令狐冲以後提都沒有提過。令狐冲是知道茲事體大，萬萬不能說，儀琳自然是因事後令狐冲的一番言詞，嚇得不敢說的。這也可以說是莫大先生聰明過人之處，早已判斷到了這件事不會洩露出去的。

所以，後來莫大先生和令狐冲重逢，兩人的心中，因為有著共同的秘密，自然比較容易傾談。莫大的性格和令狐冲極接近，雖然他「骨瘦如柴、雙肩拱起，真如一個時時刻刻便會倒斃的癆病鬼」，而令狐冲「長方臉蛋，劍眉薄唇」，看起來比莫大先生漂亮得多。

莫大先生落寞寡合，獨來獨往，連衡山派中的事務也不十分管，憑一柄又薄又窄的長劍，使出如夢如幻的劍法，浪跡江湖，倒是真的無拘無束至於極點，只是不知他年輕時、中年時曾經有過什麼傷心事。

莫大先生這個人物，真是思之令人悠然神往。看《笑傲江湖》，真要找書中人物來代入的話，本人不願揀令狐冲，只願身為莫大先生。

莫大先生是上上人物。

12 兩個貪心的典型

《笑傲江湖》中有兩個貪心人物的典型。

◆自找麻煩余滄海

一個是余滄海。余滄海是青城派的掌門人，在武林中地位高，武功高，年紀也差不多了，小老婆也有好幾個，已經什麼都有了，可是卻還要貪心，想奪福威鏢局的「辟邪劍譜」。

那「辟邪劍譜」，若是明明白白擺在那裡的一樣物事，叫人看了心跳眼紅，倒也罷了。而事實上，所謂「辟邪劍譜」也者，誰也沒有見過，只知道有這麼一部東西。而且只要想一想，想到林遠圖雖然以七十二手辟邪劍法，名馳天下，但林震南是林遠圖的孫兒，武功卻稀鬆平常，就可以知道這「辟邪劍譜」必有古怪，天下可貪的東西多得很，何必非去貪這種不知虛實、必有古怪的東西？

余滄海連這一點都想不到，直乎他下場如此不佳。這個矮小道士，其實是很有點氣派的，書中稱他為「當今武林一流高手」，事實上他武功也確實不低，青城派遠在四川，連左冷禪也不敢打他的主意，真是山高皇帝遠，歲月何等逍遙，是他自己要去淌渾水，怪不得人。書中曾借勞德諾的口，稱他為「老奸巨猾」，未必未必，其蠢若豕，庶幾近矣。

余滄海是一個沒事找事、自己找自己麻煩的典型。

余滄海是下下人物。

◆權力薰心左冷禪

另一個是左冷禪。

左冷禪的貪心，比起余滄海來，更加莫名其妙。

余滄海謀奪「辟邪劍譜」，那是因為他本來沒有這部劍譜，雖然事理不明，但總還可以說得過去。

可是左冷禪之貪，卻是貪他本來已有的東西：他處心積慮，不知費了多少手腳，做了多少壞事，目的是為什麼呢？

左冷禪的目的只要做五嶽劍派的掌門人，要五嶽劍派合而為一，由他來領導。

那麼，左冷禪原來的身分是什麼呢？他放了那麼大的力氣，用盡了心機，要當五嶽劍派的掌門，是不是他本來連五嶽劍派的邊都沾不上呢？

絕不是，左冷禪本來就是五嶽劍派的盟主！

而且，他這個盟主不是虛設的，而是在實際上，有極大的權力，有一面「一展動處，發出燦爛寶光，綴滿了珍珠寶石的五色錦旗」，五嶽劍派的盟主令旗作為他權力的象徵。這面旗子一展，很有威風，不准劉正風金盆洗手，劉正風就不敢，頗有生殺大權之威。

而且，左冷禪當盟主，也不是不得人擁護，華山派岳不羣表面上不敢反對，他要維持偽君子的面目，自不敢公然違抗盟主之令。衡山派的莫大先生性子不羈，如神龍見首不見尾，不常理派中事務，左冷禪大可效法收買泰山派高手的法子，去收買衡山派。

左冷禪要當五嶽劍派掌門，過不了恆山尼姑這一關，弄出天大的事來。但是他當盟主，恆山派的尼姑倒是沒有不服之意，十分容易弄得恆山尼姑服服貼貼的。當日，盟主令旗第一次出現，定逸師太就表示歡迎！

定逸師太甚是喜歡，一面欠身還禮，說道：「你師父出來阻止這件事，那是再好也沒有了。」

可知只要左冷禪不要消滅恆山派，維持盟主的地位，有什麼事要恆山派的尼姑去做，必然不會打折扣。

五派之中，最難對付的是華山派，左冷禪倒也是早已知道這一點的，所以早早派了勞德諾去帶藝投師——這件事，精細縝密若岳不羣，若是說會從頭到尾被瞞在鼓裡，真是不可思議。

若是左冷禪以為岳不羣從頭到尾不知道，那左冷禪之蠢笨，也到了可憐的程度。可是看來，左冷禪又真的以為如此！

若不是如此，在勞德諾得到「紫霞神功」的秘密之後，大可以功成身退了，留在華山派，還會有什麼作用？勞德諾將「紫霞神功」帶到嵩山派去，等到左冷禪洞悉紫霞神功的秘密之後，再要來對付華山派，也就容易得多了。

就算左冷禪真的想當五嶽劍派的掌門，想得發了瘋，他也可以採取挑戰、分化、各個擊破，種種聰明的辦法，遠比把所有人叫到嵩山去來得好。如今左冷禪這樣的做法，卻是霸王硬上弓，對付大姑娘尚且不可，何況對付華、泰、衡、恆四個劍派！

左冷禪下場不佳，那是他蠢笨貪心的結果，所以，奉勸世人，若要貪心，一定要聰明，那才會有結果。若是又笨又貪心，會瞎了眼睛，還更痛苦不堪。只可惜，世上有多少人是肯承認自己蠢笨的？

左冷禪是下下人物。

13 燦爛而短暫的曲非煙

《笑傲江湖》中，有一個人，出場短暫，但是卻發出極其燦爛的光芒，像流星劃空，一閃而逝。這個人是曲非煙。這位日月神教長老曲洋的孫女兒，小名非非，是個性格極可愛的小女孩，只有十三、四歲：

穿一身翠綠衣衫，皮膚雪白，一張臉蛋清秀可愛。

金庸小說之中，甚少寫到這樣年紀的小女孩，黃蓉出場時已有十六、七歲，郭芙有過少年時期，但沒有什麼事情可做，小龍女不通世務如小女孩，實際上已是十八、九歲，連那香香公主也已到了可以被男人所愛的年齡。曲非煙可以說是在金庸小說之中，唯一一個這樣年紀的小女孩，而且一出場，就寫得靈活無比，將青城余矮子弄得啼笑皆非，又會帶了儀琳到妓院去找令狐冲。

這樣可愛的一個小女孩，卻出場沒多久，就死在費彬的手下，真是可惜至極，不知金庸為什麼要這樣安排？若覺得這個人物沒有用，就算完全不寫曲非煙這個人，對全書也沒有影響。

既然寫了，又這樣快將她抹去，是為了發展下去，這個人物不好安排？想來也不會，因為《笑傲江湖》全書經歷的時間並不太長，曲非煙可以不必長大到牽涉進主要人物的感情糾紛之中，並不會十分難安排。而且，以金庸的小說寫作技巧而言，還會有什麼難安排的事？

那樣古靈精怪、活潑機智的小姑娘，就這樣在書中消失，真是可惜。本來可以讓她到黑木崖去，和東方不敗、楊蓮亭搗蛋，何等有趣。也可以讓她和桃谷六仙夾纏夾纏，保證可以將桃谷六仙弄得頭昏腦脹，桃谷六仙是絕不肯拜她為師的，就讓她拜桃谷六仙為師，又有何不可？不要拜師，拜個把子，做桃谷六仙的義妹，也綽綽有餘了吧？桃谷六仙若和曲非煙混成了一夥，當其桃谷七仙，那才叫要多熱鬧有多熱鬧了！

曲非煙死得也十分精采，她和費彬對敵，自然不是這個武林高手之敵，雙手短劍，全被震脫，費彬的長劍指住了她的咽喉，她一點也不怕死！

大叫一聲，向前縱躍，往長劍上撞去。

後來，被費彬點中了穴道，躺在地上，仍是毫無懼意，最後一句話，還是笑著講出來的！

曲非煙笑道：「傻子，到現在還不明白人家的心意，她要陪你一塊而死……」

一句話沒說完，費彬長劍送出，已刺入了她的心窩。

曲非煙是笑著死的，「一劍刺入心窩」，死得也毫無痛苦，對這個出現如此短暫的可愛小姑娘，懷念之餘，總算也不會太難過。

費彬殺曲非煙時，莫大先生當然已經在場，莫大先生一出手就不留情，立意將費彬置之死地，自然也是太不值費彬所為之故。

有一點不明的是，曲洋是日月神教中的長老，他在教中的地位怎樣？在東方不敗和任我行的鬥爭之中，他站在哪一邊？

照說，在日月神教這樣嚴重的鬥爭之中，曲洋是沒有可能置身事外的，但是他居然真的置身事外了。曲洋和劉正風的純粹友誼，只見劉正風受到了五嶽劍派的壓力，未見曲洋受到日月神教方面的任何壓力，莫非曲洋早已和教中人物斷絕往來？頗為不解。反正，曲非煙都死了，曲洋的一切，深究起來也沒有意思，不究也罷。

曲非煙，是上上人物。

14 結語

一開始寫《笑傲江湖》，將事件（情節）和人物合併在一起看，不再硬性分開來，覺得這樣看法暢順得多。執筆之初，絕未想到可以寫那麼多，忽然之間，已經近五萬字了，而要寫，再可寫下去的還不知有多少。如恆山的三位老尼，如大鬧少林寺，如桃谷六仙，如童百熊、賈布，如木高峯，如五霸岡，等等等等，由於《笑傲江湖》的人物、情節實在太豐富了，簡直有寫之不盡之勢。

但如果再寫下去，《三看》變成了專評《笑傲江湖》了，所以非收住勢子不可。

《笑傲江湖》是武俠小說中出類拔萃之作，在金庸作品中，和《天龍八部》相比較，哪一部更高些，實在很難做定論。真要下定論，《天龍八部》氣勢比《笑傲江湖》雄渾龐大。

而《天龍八部》之所以有這樣如大海巨浪一樣的氣勢，有給人以喘不過氣來的壓力，能令風雲變色、鬼哭神號的力量，書中人物喬峯一個人，就擔了一半，所以《天龍八部》略高一籌，佔第二。

《笑傲江湖》並不是輸給了《天龍八部》，而是令狐冲輸給了喬峯。

令狐冲也不是輸給了喬峯，他比喬峯更可愛些，然而，喬峯就是有一股形容不出的氣概在，總覺得高了那麼一點點。令狐冲若是有機會和喬峯相遇，必然心折之極，喬峯說什麼，令狐冲會一刻也不猶豫就去做什麼！

連令狐冲自己也服了，所以，《天龍八部》可以排名在《笑傲江湖》之上。

一九八一・十一・三　香港

第二章

鹿鼎記

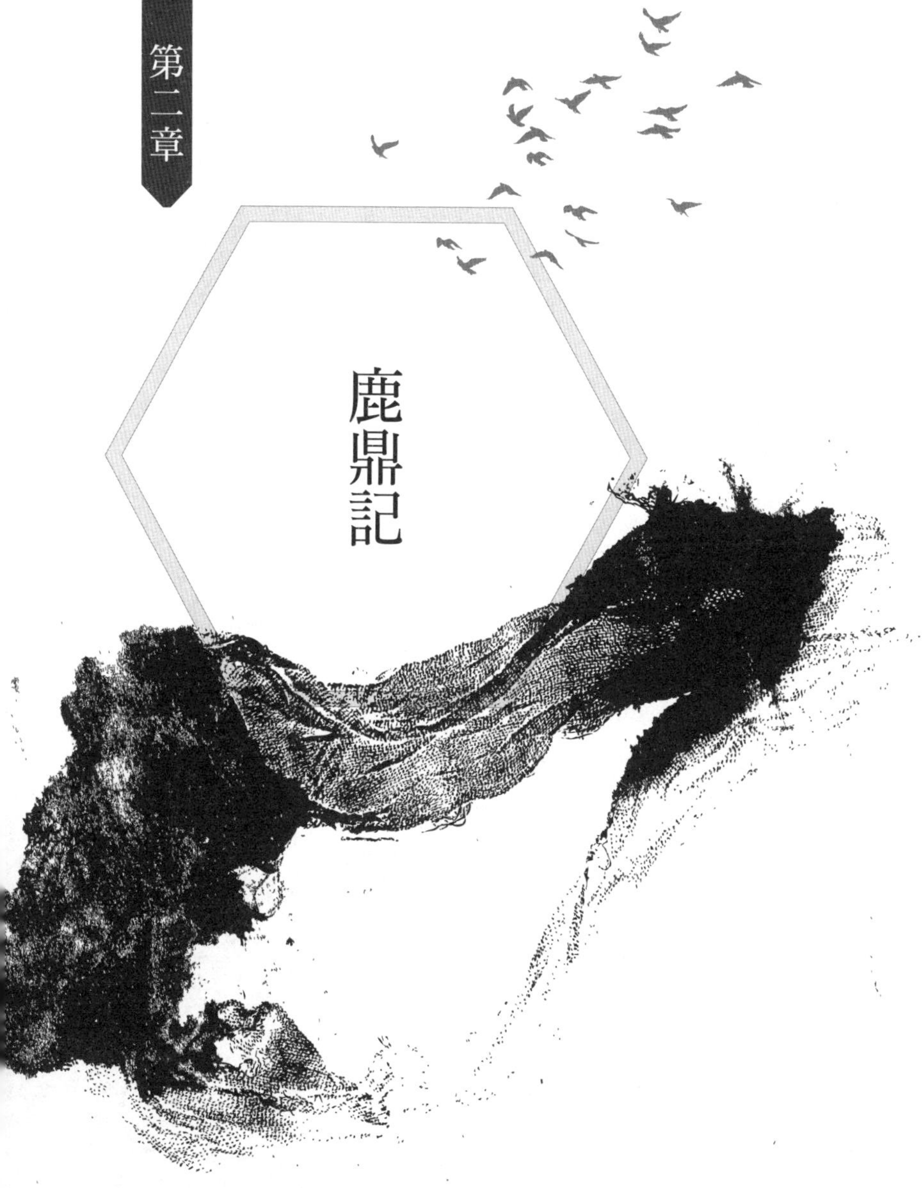

1 再討論韋小寶這個人

◆為韋小寶辯護

怎麼又看《鹿鼎記》了？

《我看》中看過，《再看》中看過，還要再《三看》？

是的，因為：在金庸小說之中，《鹿鼎記》排名第一。

也因為《鹿鼎記》的修訂版，已經在港台兩地同時出版，當真是千呼萬喚始出來，盼得人的頸子如關雲之長。書一出版之後，讀者捧書狂讀之際，眼睛必如諸葛之亮。

在這之前，《鹿鼎記》從來也沒有正式出版過。讀者除了當年在報紙上看連載之外，看的全是翻版書。香港出的翻版書還好，台灣出的翻版書，換了一個書名叫作《小白龍》，將韋小寶的名字改成「任大同」（真是任你奶奶的大同），不堪至於極點。正式的版本出來了，自然要賀上一賀，再來評論一番。

更因為，金庸自己寫了一篇題為〈韋小寶這小傢伙！〉的短文（編按：見本書附錄），發表在《明報月刊》第一九〇期。在這篇文章中，金庸將韋小寶稱為「市井小流氓」，本人看了，大為不服，非反駁不可，所以更要寫《鹿鼎記》了。

或曰：連金庸自己都說了韋小寶是「市井小流氓」，你怎麼還能不服氣？當然可以，有書放在那裡，我們可以從書中尋章摘句，擺事實，講道理，金庸卻又怎地？那天，問他為什麼將江飛虹刪了，他就記不起那個曾為藍鳳凰抹了脖子的苦人兒了。

有一篇幻想小說，寫莎士比亞再來人世，在大學修文學，有關莎士比亞的課程，就硬是不及格。一部小說，偉大的小說，作者在寫作之時，必然孕育著許多意念，將這許多意念，透過各種不同性格的人物的各種各樣活動，表現出來。

這許多各種不同性格的人物，要是寫得活了，他們的活動和表現，往往會逸出作者的控制之外，作者原先要這個人成為君子的，結果可能不是君子，作者本來要這個人成為小人的，結果這個人也可能不是小人。

這種情形，無可譬喻，勉強要譬喻的話，只好用電腦來比一比；將許多資料輸進電腦去，這些資料有時會自行組合，不受控制，而有意料之外的結果出來。人腦的活動，更加複雜，不受控制的情形，在不知不覺中產生的情形，絕不罕見。作者自己未刻意去這樣寫，但是寫了出來之後，卻有這樣的效果，而作者自己未曾注意到有這樣的效果，別人反倒看出來了，那有什麼稀奇？

所以，必須為鹿鼎公韋小寶辯。

金庸的〈韋小寶這小傢伙！〉一文，其實也是在為韋小寶辯。《鹿鼎記》一書，是金庸小說中最多爭論的一部，甚至在報紙上連載發表之際，就有不少人說：「這部小說，可能不是金庸寫的吧！」

金庸的讀者，對金庸是愛護備至的，一看到金庸的作品之中，有自己不喜歡之處，就一口咬定，是「有人代寫」的，也有更多的人會猜：「多半是倪匡代寫的。」

有一日忍不住，大聲回答：「倪匡要是能寫出這樣的小說來，哼哼！」

旁邊的人問：「哼什麼？怎麼樣？」

回答是：「朝小說完成，夕死可矣！」

現在，大家都明白了，《鹿鼎記》完全是金庸的作品，而且是金庸小說之中，最出類拔萃的一部。

可是，《鹿鼎記》的主角人物韋小寶，卻仍然為很多人所不喜歡，金庸的〈韋小寶這小傢伙！〉一文，主要為韋小寶辯護之處，是想說明人的複雜性格、傳統的道德觀念和韋小寶的作為之不同，等等。這其實是絕無必要的，更何況在這篇文字中，金庸還用了不少對韋小寶非議的詞句。

◆不喜歡韋小寶的兩類人

不喜歡韋小寶這個人的讀者，大抵分成兩類：

第一類：女性讀者。

並非全部女性讀者都不喜歡韋小寶，但有相當多的女性讀者不喜歡韋小寶。不喜歡的原因，很簡單也很直接，因為韋小寶有七個老婆。

關於第一點，在《再看》之中已詳細寫過的，不擬重複，所要補充的是：

第一，七個妻子，是中國社會的傳統之一，是古代社會道德所允許的事，不知多少正人君子，熟讀孔孟聖賢之書的人，對國家民族有偉大貢獻的人，都不止有一個老婆，要舉出這樣的歷史名人的名字來，可以寫數萬字了。韋小寶是清初人，他在觀念上不會覺得多妻有什麼不對，旁人也不會覺得他有什麼不對，這並不是韋小寶的「惡行」，非但不是，而且和「惡行」沒有半絲半毫的關係。

第二，即使是在現代社會，如果有七個女子，同時愛上一個男子，而她們又自願和這個男子在一起生活，覺得幸福快樂，雖然遭人側目，但基於個人自由選擇的原則，也不算是什麼。韋小寶又未曾虐待他的七個老婆，他的七個老婆和他一起生活，也其樂融融，旁人看了，只可以眼紅欣羨，何必要用不屑的眼光去評議？那完全是別人的事，你不願做韋小寶第八個老婆，絕沒有人拿著機關槍逼你去做者也。

第三，有的女性讀者，認為金庸寫了韋小寶有七個老婆，由於金庸小說影響廣大深遠，深恐天下男人，人人起而效尤，那麼女性權益何在？

哈哈！這裡又牽涉到了韋小寶七個老婆完全自願的問題，對那七位女性而言，同做韋小寶的老婆，正是她們的願望，權、益正是她們自己的選擇。而人人效尤也者，那是開玩笑了，沒有韋小寶的本事，誰有辦法娶七個老婆而又能生活其樂融融的？不要說七個，想要兩個老婆，已經足以焦頭爛額，寢食不安，恨不得一頭撞死了。有韋小寶本事的，沒有《鹿鼎記》，照樣有一個以上老婆（這樣的人，現實生活中還少了嗎？）；沒有韋小寶本事的，將《鹿鼎記》倒背出來，只怕還是一個老婆。普天下女性，大可放心。

還有一點值得注意的是，女性讀者不喜歡韋小寶，口中雖然這麼表示，心中怎麼想，卻很難說。要現代女性口頭上說願做七分之一，那是殺頭不說的，心裡是不是在怨「整個兒妻」還不及韋小寶的七分之一呢？真是不必深究了。

第二類：熟讀聖賢之書、深諳孔孟之道的知識份子。或曰：用知識做標準來衡量道德的知識份子。

這一類知識份子不喜歡韋小寶，是有理由的，因為韋小寶的出身和他們完全不同，幾乎是兩種完全不同的人，韋小寶不識字，沒受過教育，「不學」之至，但偏偏不是「無術」，而是有術得很，比讀了幾十年書的人更有術。於是妒忌之餘，便只好放起曾受教育、識字盈萬的這法寶來，想將韋小寶壓下去。

當然，任何人都有權喜愛某一種人，討厭某一種人，麻油拌韭菜，各人心裡愛，有人硬是不喜歡韋小寶，因之連帶說《鹿鼎記》不是好小說，意見不同而已，本人絕無意對自己意見不同的人惡意攻訐，這是下三濫行徑，但是願意指出一個事實。

這事實是：韋小寶，是一面鏡子。

人人在韋小寶這面鏡子之前，都可以看到自己的影子，韋小寶好的一面，倒未必人人皆有，但是他壞的一面，卻人人難免，每一個人都可以在韋小寶的身上找到自己，誰不曾說過謊話？連令狐冲也說過：「說話不騙人，有什麼好玩？」一個人若是宣稱自己一生之中未曾說過謊話者，那麼這句話的本身，便是最大的謊言。

誰又不曾存過貪念？

誰又未曾講過髒話？口中不說，當眾不說，私下沒說過？心中沒說過？

誰又沒有賭過錢？誰未曾在賭錢之際想過用特殊的方法去獲勝？

韋小寶的「壞處」，也不過如此而已，每個人在將韋小寶當鏡子之際，都可以發現（不必對他人說），自己比韋小寶，還真比不上。

這是一件令人心裡很不舒服的事，窩囊之尤，連韋小寶都比不上！而韋小寶是真正從心底看不起的人！

為什麼要看不起韋小寶呢？無非是因為韋小寶出身卑微和韋小寶未曾受過有系統的教育而已！

出身卑微，這並不是韋小寶自己願意的事。若是一個人出身卑微，而構成了另一些人看不起他的理由，那麼，應該被看不起的，是那另一些人，而並不是出身卑微的那個人。這一點，應該可以成為定論，不必再討論了。

◆沒有受過「系統」教育

韋小寶沒有受過系統的教育，但這並不是說韋小寶沒有接受過教育。一個人，即使是獨自生活在荒山野嶺、大海孤島之上，一生也必定會受教育的，下雨了要躲進山洞去，不要在外面淋雨，這也是一種教育。即使在大自然的環境之中，人也在不斷接受教育。如果這個人是生活在群體之中的，更是無時無刻不在接受教育。

所以，韋小寶當然是受過教育的，只不過他所受的教育，不是當時社會的那有系統的教育。

每一個不同的社會、不同的時代，都有一套不同的系統教育制度。韋小寶時代的系統教育制度，是從小啟蒙，讀四書五經，學做八股文，然後一級一級通過國家的考試制度考上去。經過這種系統教育的，才是知識份子。

如今的系統教育制度是幼稚園、小學、中學、大學、留學，取得學位。經過這種系統教育的，才是知識份子。

受過系統教育的知識份子，便自命高人一等，甚至不顧人所受的教育並不局限系統教育的事實，而否定了未受過系統教育的人，一樣可以有知識的。

這種情形，古已有之，於今尤烈。

所以，韋小寶便被認為是「不學」了。既然不學，而又無往不利，自然引起嫉妒，要懷恨在心了。

韋小寶當然是受過教育的。

他所受的教育，以後，成了他事業上的飛黃騰達的支柱。

韋小寶受教育的經過情形是：

> 揚州市上茶館中頗多說書之人，講述三國志、水滸傳、大明英烈傳等等英雄故事。這小孩……一有空閒，便蹲在茶桌旁聽白書。

在這樣的教育過程之中，韋小寶學到了什麼？他學到的是：

對故事中英雄好漢極是心醉。

他聽過不少俠義故事，知道英雄好漢只交朋友，不愛金錢。

嗚呼，古今以來，受過這樣教育的人，不知凡幾，但真正能接受了這樣教育的人，又有多少？

在本身有條件的情形之下，要做到「只交朋友，不愛金錢」，還容易一些。像魯肅，周瑜來找他，他就毫不猶豫送了一倉庫糧食給周瑜，那是因為他有兩倉庫糧食，送了一倉庫，還有一倉庫。

舉這個例子，是想說明，「只交朋友，不愛金錢」這一點，有條件者做起來，尚且千難萬難，像韋小寶處身貧困的人，要做到這一點，更加困難。

金錢的誘惑力是如此之大，社會越是進步，越是現代化，金錢的誘惑力越是大，別說是朋友了，就算是父母、夫妻、子女，放在天平的一端，金錢放在另一端，只怕父母、夫妻、子女、朋友的那一端，也會高高翹起，分量遠不如金錢來得重要。

可是韋小寶當時不過是一個十二、三歲的小孩，而且是在妓院中長大，深知金錢之可愛，平時為了一兩個小錢，就可能要出盡八寶，挨打挨罵才能奪到手的，他完全知道茅十八給他的那個大元寶的價值，所以才會：

骨嘟一聲，吞了口饞涎。

這時候，他要不是深明朋友比金錢重要之道，拿了元寶就走，誰也不會怪他。如果他真是一個不學無術的市井小流氓，當然也拿之唯恐不及，說不定還要趁機多勒索一個元寶。那麼，終其一生，他也始終是個市井小流氓而已。

◆不是市井小流氓

但韋小寶不是市井小流氓，在這個考驗他性格為人的關口上，他沒有一點市井小流氓的性格，而表現了他英雄豪傑的氣概：

「咱們只講義氣，不要錢財。你送元寶給我，便是瞧我不起。你身上有傷，我送你一程。」

唯有真正的英雄豪傑，才能有這樣的表現，韋小寶以一個十二、三歲的貧童，而能做到這一點！而且，終他的一生，這點原則沒有更改過，韋小寶是市井流氓乎？是英雄豪傑乎？

天下有在金錢面前，大量的金錢面前不動心的市井流氓乎？尤其在現代社會中，只怕在大量金錢面前能拒之不要的君子，也少之又少了吧？

韋小寶雙手推開去的，不單是一隻十兩的元寶，而是一千兩賞銀，可是他抱定了英雄豪傑的宗旨：

「操你奶奶！出賣朋友，還講什麼江湖義氣？」

韋小寶的這種行為，已經高出許多小說中的英雄豪傑了，《水滸傳》是英雄豪傑的大集中，像韋小寶這樣的好漢，也不多見。

韋小寶絕不是市井流氓。

金庸在〈韋小寶這小傢伙！〉文中如此說：「韋小寶這樣的市井小流氓，我一生之中從來也沒有遇到過半個。」

當然不曾遇到過，因為韋小寶根本不是市井小流氓。

不禁想借問金庸一句：像韋小寶這樣，在大量金錢之前，仍然能堅守不出賣朋友，重江湖義氣的好漢，一生之中，曾不曾遇到過？

只怕也沒有遇到過。遇到過或沒有遇到過，都不是主要問題，不一定要遇到過這種人，才能寫出這種人來，金庸遇到過郭靖嗎？遇到過小龍女嗎？金庸也寫出了郭靖和小龍女。

金庸也寫出了韋小寶的好漢性格。

將韋小寶稱之為「市井小流氓」，是絕不適合的，將之改為「像韋小寶這種市井小流氓出身的人」，還勉強可以，但也不怎麼恰當。因為韋小寶雖然生長在一個幾乎必然產生市井小流氓的環境之中，但是他出污泥而不染，一點也不是市井小流氓。

人的性格，受先天、後天的影響，一般來說，從小形成的性格，到後來改變的情形，並不多見。

韋小寶的性格如何，我們看看他小時候的作為，就可以下定論，因為他以後行事，還是根據那性格來做準的，並未曾改變過。

韋小寶的性格是多方面的：

第一，他倔強

韋小寶倔強而不甘受辱，有一定的自尊心，倔強起來，天不怕地不怕，性子甚硬。這一點，在他後來漸漸長大，更懂得適應環境之後，多少有一點改變，但是內在仍然是極其倔強的。

他小時候倔強到什麼程度？鹽梟闖進妓院，嚇得人人都一動不敢動，他就敢和鹽梟交手。

他當然打不過鹽梟，挨了打：

……在他屁股上踢了一腳，將他踢得幾個觔斗翻將出去，砰的一聲，撞在牆上。

……反手一記耳光，打得……轉了兩個圈子。

這時，旁觀者都覺得這樣打下去，勢必要將那孩子活活打死了。

在這樣的情形下，性格若不是倔強過人，一定會屈服了吧？但韋小寶略有喘息的機會，便立時「氣往上衝」，又「隔著廂房門大罵」。他那時候又不知道房裡的人是茅十八，一道「廂房門」，能擋得住兇惡的鹽梟？可是倔強起來，也就顧不得了，罵得「惡毒陰損」之至。拳頭沒人硬，只好罵得惡毒點來出氣，這股狠勁，也真是少見，市井小流氓早已趴在地上叩頭求饒了，哪裡還有這樣狠？

韋小寶的倔強性格，一直持續著沒有變過，在很多地方可以看得出來，進皇宮之後，和「小玄子」打架，就不肯服輸，輸了還要再比過。若是他沒有這份倔強的性格，打輸了就不再打，認輸了，康熙也不會將他當知己，也不會有以後的事發生了。

他的這種倔強性格，也表現在他對自己不喜歡的人和事，始終抵抗拒絕的行動上。假太后怎樣對付他，他也不服。神龍教勢力如此龐大，他也不服。甚至康熙對他硬來，他也一樣拒絕，弄得康熙只好軟求。連他最敬佩的師父陳近南，他也並不是絕對服從，而是自己有自己的一套。對於陳近南對鄭家的愚忠，更是大大不以為然，甚至公然反抗。陳近南倒是深知韋小寶的為人的：

「你……性子浮動些，也沒做了甚麼壞事。」

「性子浮動」很空泛不著邊際，「也沒做了甚麼壞事」倒是實實在在的誇獎。

韋小寶最驚人的一次倔強表現，是他用石灰撒了史松的眼睛之後，茅十八罵他「小雜種」，韋小寶的倔強來了，破口大罵（這是他唯一可用的武器），茅十八要放馬踹死他，他又不是沒見過茅十八殺人，茅十八已提起韁來，馬的前足人立，韋小寶仍然「我怕了你這狗入的，不是英雄好漢」。

連茅十八也無法可施。茅十八覺得韋小寶「憊賴」，之後在全書中也見過不少以這個詞去形容韋小寶，總覺得也不是很適合。韋小寶並不僫賴，只是倔強。

至於韋小寶撒石灰迷人眼睛，在《再看》之中，已經詳細分析過當時的情形，非如此不可。近日詳讀《笑傲江湖》，發現吾道不孤，連令狐冲也曾說過：

「到了不得已的時候，卑鄙無恥的手段，也只好用上這麼一點半點了。」

而且在《鹿鼎記》之中，韋小寶以後雖然仍用些非常的手段，但用這種手段來對付的人，全是非對付不可的人，這些人比韋小寶壞不知道多少，非用這種手段對付不可！

令狐冲說「不得已的時候」，大抵就是韋小寶用這種手段的時候。既是非用不可的手段，「卑鄙無恥」云乎哉，也就不怎麼適當了。

第二，他勇敢

韋小寶是極勇敢的人，也從小看起：

那孩子眼見危急，起了敵愾同仇之心，疾衝而前……

在他挨了打，眼看會被「活活打死」的情形之下，居然還和一個傷得半死不活的人同仇敵愾，勇氣過人。

鰲拜跋扈，在康熙面前撩拳揎臂，連康熙也不禁害怕起來：

「啊」的一聲驚呼，從椅子中跳了起來。

康熙吃驚程度，真還不輕。

請注意，這時的康熙，年紀比韋小寶大，身手比韋小寶好，身子比韋小寶高，見識比韋小寶多不知多少，更重要的是，他是皇帝！

即使如此，仍然嚇成這個模樣。可是韋小寶雖小，他卻只是吃驚於看到了真正的皇帝就是每天和他打架的小玄子，隨即他就「咱們這一寶押下了！通殺通賠，就是這一把骰子」，接著就縱身而出，擋在皇帝面前，向鰲拜大聲叱責。

這種事，少一分勇氣做不出，少一分決斷力，也做不出。

在韋小寶的一生之中，像這樣「通殺通賠，就是這一把骰子」，在兩條路中揀一條路走的情形甚多，每當這種情形之下，都表現了他非凡的決斷力。當「這一把骰子」拋出去的時候，是輸是贏，他是全然不知道的，而他敢於擲這把骰子，這是他的勇氣，不是大勇之人，不能做這種有決斷力的行動。

韋小寶孤注一擲，每次都押中，這並不是他的運氣——許許多多人看《鹿鼎記》，以為那只是韋小寶的「運氣好」，這是對《鹿鼎記》全書最大的誤解，也是對韋小寶最大的誤解。

一個人的運氣再好，也不可能永遠買大開大，每次都押中。一個人若是每次押寶都押中，那就絕不是運氣好。這一點，再簡單明白也沒有。

不是運氣好，是由於其餘的種種原因，除了敢押下這一寶的勇氣和決斷是必備的條件之外，對事情的明辨、分析，一貫堅持的原則等等，都是成功的輔助原因。一寶押下去，輸贏不知，但是押寶的人，卻總是向有勝算的那一方面押下去的。

世上沒有一個成功的人的成功是靠「運氣好」的。古今中外皆然，成功者必有其道理在。那種自己不成功，看到人家成功了，便說人家「運氣好」的人，就注定不可能成功。

不知道為什麼，韋小寶給不少《鹿鼎記》讀者的印象是膽小鬼，這真是冤枉也，隨便翻翻，都可以看到韋小寶勇敢過人的事：

這羣豪客闖進中軍帳來制住了主帥，眾軍官都束手無策，敵人武功既高，出手殺人，肆無忌憚……待會混戰一起，帳中眾人赤手空拳，只怕不免要盡數喪命，慄慄危懼之際，見韋小寶和各敵人擲骰賭頭，談笑自若，不禁都佩服他的膽氣。

在這之前，金庸以作者主觀的寫法，寫了韋小寶的心理狀態：

他本已嚇得魂不附體，但一見到了美貌女子，自然而然的勇氣大增。

《鹿鼎記》全書，金庸的遊戲筆墨極多，讀者若是不明其妙，便會被作者瞞過。像這裡，寫韋小寶本已「嚇得魂不附體」，但是卻「見了美貌女子，勇氣大增」，便是遊戲筆墨的一個典型例子。天下焉有本來嚇得魂不附體而見了美貌女子便勇氣倍增之理？這美貌女子若是他的情人親人，兼且武功超群，倒也罷了，偏偏美貌女子是敵人手持利劍，指著韋小寶要殺的，見了為何還會「勇氣大增」？

這是金庸的一種調侃寫法，寫的是韋小寶心中本來很有點害怕，絕非「魂不附體」。魂若是不附體，眼前有一百個美貌女子也看不見了。在害怕之餘——四柄利劍指著，誰都會害怕——一看到美貌女子，想起女子總容易對付些，心裡就定了，勇氣自然大增。

韋小寶一直認為女人是比較容易對付的，而他確實也有對付女人的天然本領。後來他落入九難師太之手，一看到九難是一個尼姑，就大為慶幸她是尼姑，不是和尚。

這一點，倒也絕不是說女性頭腦簡單、容易應付，女讀者千萬別生氣，這是一種相當奇妙的人際關係現象，像韋小寶這種靈活應變、樣子又討人喜歡的男性，在女性面前，總可以佔點便宜。

同樣的，「異性相吸，同性相拒」，年輕貌美的女性，在男性面前，也容易得所遂。

每個人都有和不同性別的人接觸的經驗，不妨想一想，是不是有這樣的情形？年輕貌美的女駕駛人，最怕有事遇上女警，但若是男警，就好對付得多了。這不過是一例而已。

話扯得遠了，韋小寶在當時這種危難的情形之下，當然害怕，但勇氣、信心立時恢復，談笑自若，不但大勇，兼且大智！

韋小寶給人膽小印象的另一段，是哥薩克騎兵闖帳之時：

韋小寶嚇得全身發抖，一低頭，便鑽入了桌子底下。佟國綱和索額圖面面相覷，心下也不禁驚慌。

看起來，韋小寶是嚇得「魂不附體」了，但是這一樣是遊戲文章，金庸唯恐讀者不明，隨即又自己做了解釋：

適才事起倉卒，以致躲入桌底，其實他倒也不是一味膽怯，一拍胸口……拉住林興珠的手，走向帳外。

在當時這樣的情形下，叫佟國綱或索額圖走出帳外去，也未必敢，韋小寶就敢。而當哥薩克騎兵排得整整齊齊，突然間高聲呼喊，向著韋小寶急衝過來之際，韋小寶「全身發抖，臉如土色」，可是「居然挺立不動」。

這一段，將韋小寶的勇敢性格，寫得十分生動。

「全身發抖，臉如土色」還勇敢麼？那是害怕，可是「居然挺立不動」，就是勇敢。害怕而挺立不動，比諸根本不害怕而挺立不動，需要更多勇氣。不怕死，面對死亡根本不害怕，也就毋需勇氣；而不怕死，並不是靠勇氣，是靠其他方面的意念來支持的。怕死而面對死亡，挺立不動，豈止需要勇氣而已，要超等的勇氣才行。

第三，他機智靈活

韋小寶機智百出，應變靈活，對周圍環境判斷之快捷，在《鹿鼎記》一書之中，隨處可見。關於他性格的這一方面，倒也「一致通過，並無異論」，所以，不必多舉例子，多做解釋了。

要指出的是，韋小寶的機智，在很小的時候就有。並不一定在他童年的環境就一定會培育出機智百出的人物來。盡多這樣環境中的人，笨得可以的。

韋小寶的機智，是一種天生的本領。他一出場，金庸寫了他的倔強，也寫了他的機智：

> 床上那人喘了幾口氣，大聲笑道：「有種的進來打！」那孩子連連搖手，要他不可再向外人挑戰。

當時茅十八已受重傷，情勢極其不利，可是茅十八只知道不怕死，叫人進來打。韋小寶就比他機智得多，金庸是用了一句話，「那孩子」這時連名字也沒有，就已經知道在這種情形下，不宜再向外人挑戰，而向茅十八連連搖手。

這是韋小寶第一次表現他的機智。日後，在他驚濤駭浪的一生之中，靠著機智，在無數次危難之中，救了他自己。韋小寶要是少一分機智，早就死過二十八次以上了。

韋小寶機智，既屬公論，不必多費筆墨了。

第四，他忠誠

此言一出，只怕會「媽聲四起」。

中國罵人的話，多采多姿，變化萬千至於極點。韋小寶在《鹿鼎記》中的罵人話，連萬分之一的精華都未曾達到。而各省各縣各城各鎮，最基本的罵人話，必然涉及對方的娘。只有費要多羅這種俄國蠻子才不懂，一聽得人說要和他娘睡覺，還大喜過望。所以，「媽聲四起」者，罵聲不絕之謂也。

且慢，且別開罵。

韋小寶忠誠，聽來或許有點不對勁，改為韋小寶對朋友忠誠如何？

韋小寶對朋友忠誠，至少有一半人可以接受了，是不是？其實，兩者是二而一、一而二的。忠誠，當然只是對朋友忠誠，對敵人也忠誠麼？對羅剎鬼也忠誠麼？對吳三桂也忠誠麼？

韋小寶對朋友忠誠的例子，在《鹿鼎記》全書之中不勝枚舉。從他可以領一千兩銀子賞格而不要起始，一直不斷。

他對康熙忠誠，並不因為康熙是皇帝，他心中將康熙當作是朋友，所以，當神拳無敵入宮要刺殺康熙之際，他用盡方法，也要通知康熙。同樣的，天地會的那些人，他也當他們是朋友，在他們危急之際，一樣要盡自己所能，救他們的性命。反倒是康熙，這個雄才偉略的中國歷史上的好皇帝，對朋友不夠忠誠，派了奸細，打聽韋小寶的一舉一動，不如韋小寶遠甚。

韋小寶對朋友也撒謊，但所撒之謊，全是無關痛癢的小節，緊要關頭，「出賣朋友」是堅決不幹的。和韋小寶做朋友，可以放一百二十四個心，不會被他出賣，還有說不盡的好處。和他做敵人，由於韋小寶的本領大，那就難說得很了，小敵有小麻煩，大敵有大麻煩，圖爾布青就給韋小寶剝了褲子。

在《鹿鼎記》全書之中，韋小寶沒有做過一件對不起朋友的事。

一日和金庸閒談，問金庸：「韋小寶究竟做過什麼壞事，你舉得出例子嗎？」

金庸的回答很有趣，由於韋小寶實在沒有什麼惡行，他只好說：「韋小寶賭錢時出老千騙人，如果我和你賭錢，老是騙你，你也決不會把我當作好朋友，一定十分討厭我了。」

韋小寶賭錢，的確騙人，出千。但如果本人有韋小寶這樣的朋友，一定天天賭錢，什麼事也不用幹了。韋小寶賭錢出千，不騙朋友。不但不騙朋友，而且運用他的千術，故意輸錢，讓朋友贏錢。

金庸就不如韋小寶，和他賭錢，做朋友的輸給他的時候，多過他輸給朋友的時候。雖然他不出千，但朋友卻寧可他出千輸錢了。

韋小寶與人論交，很懂得一個原則，就是要讓人家先有點好處，這條原則，無往不利。人際關係本來就是這樣，連桑結和葛爾丹，也可以和他化敵為友。而他答應了朋友的事，又絕少做不到的。

每一個不以韋小寶為然的人，都不妨好好想一想，自己的一生之中，有沒有韋小寶這樣的好朋友？

◆活生生的好漢

韋小寶的性格，倔強、勇敢、機智、忠誠，是一個英雄豪傑，活生生的好漢，不像郭靖那樣假得令人搖頭。

韋小寶和郭靖，同是英雄豪傑，但一個活一個死。

韋小寶吃虧在出身不好，輕視卑微出身的人這件事本身就卑污得很。

韋小寶小時候偷過不少東西，但那又怎地，楊過是公認的大英雄大豪傑了吧，請看楊過少年時：

一個衣衫襤褸的少年左手提著一隻公鷄，口中唱著俚曲……笑道：「嘖嘖，大美人兒好美貌，小美人兒也挺秀氣……」臉上賊忒嘻嘻，說話油腔滑調。

楊過左手所提的那隻公鷄，就不會是他自小飼養的，一定是偷來的，那又何損於楊過的可愛豪俠？何以獨獨對韋小寶要那麼不公平，連金庸也在某些壓力之下，要不斷解釋，將他說成「市井小流氓」？

或許，是韋小寶這個人實在太真實了，真實到了一向虛假慣了的社會無法接受的地步？只怕是這樣。

金庸自己在寫〈韋小寶這小傢伙！〉這篇文章之際，目的是「自己也來想想，試圖分析一下」韋小寶的性格，但是他分析的辦法，是根據他自己的設想。本人卻認為，分析韋小寶的性格，要根據《鹿鼎記》的書。金庸將來將《鹿鼎記》改寫，寫得韋小寶是一個小流氓，那是另外一回事。如今的《鹿鼎記》中，韋小寶不是小流氓。在《鹿鼎記》中，韋小寶是何等樣人，已如上述。

金庸在〈韋小寶這小傢伙！〉一文說：「這裡的分析半點也沒有『權威性』。」這種態度很好。有人會以為，原作者也如此說了，總不會錯吧？但事實偏偏不然，韋小寶就是一個例子。

當然，本人的分析，也半點沒有權威性，但至少是根據《鹿鼎記》中韋小寶的所作所為而來的分析，並不是只憑感想、印象而得出的結論。

至少，陳圓圓曾稱韋小寶是「大才子」：

「詩詞文章做得好，不過是小才子。有見識、有擔當，方是大才子。」

知識，是多方面的，詩詞文章乃至各種現代科學知識，不過是其中之一而已。

那天在旅途，於機艙中翻閱《鹿鼎記》，得韋小寶讚打油一首，當時便記了下來，讚曰：

人或感流氓，
我獨覺高義。
掙扎出污泥，
羨煞紈絝兒。
機智應百變，
明辨是與非。
偉哉鹿鼎公，
沖霄有豪氣！

2 水龍攻城

《鹿鼎記》中，有一大段寫韋小寶用水龍攻城，攻的是雅克薩城。用的辦法是將雪溶化了，放進水龍之中，射進城裡去，射得雅克薩城滿城是水，迅即結冰，所以將城攻克。

金庸這樣寫：

頃刻之間，人人身上淋得落湯鷄相似，初時水尚溫熱，不多時濕衣漸冷，又過一會，濕衣開始結冰。

清軍水炮中射出熱水時筆直成柱，有的到了城頭上空便散作水珠，如大雨般紛紛灑下……

一直以為金庸這樣寫法有點問題，多年前與朋友討論起，所得的反應是：「對啊，哪時這樣冷！」一聽了這樣的反應，不禁啼笑皆非，本人之所謂「有問題」，是不止這樣冷，那地方，比金庸所寫的要冷得多，所以才有問題。

雅克薩在如今的西伯利亞，北緯約五十五度左右。那地方的冷，究竟冷到如何程度，只好憑想像，但是曾到過黑龍江省，北緯五十度左右處，住過一陣子，過了兩個冬天，冷到如何程度，有親身體驗。

在北緯五十度處，嚴寒之際，可以冷到攝氏零下四十八度。雅克薩城在更北，自然更冷。

在北緯五十度，水結成冰的情形是：沸騰的水，如果傾倒出去，可以看看它一面流，一面結成冰，過程快絕。結成冰之後，冰的形狀，就是水流的形狀。

一個普通個子的人站著，向地上吐痰，等到痰落地，已經結成冰，會在地上跌得粉碎。

就以這種情形來看，水炮攻城的可能性便不大，熱水勉強可以灌進水炮去，但不等發射，炮口必已被冰封住，就算射得出去，也必然不會有「初時水尚溫熱」的可能。

甚而至於，追溯到水炮攻城之前的「尿戰」，有這樣的情形：

千餘名羅剎兵又站在城頭，向下射尿。

其時氣溫如此之低，城頭上風又大，那種地方，真正寒風如刀，這千餘名羅剎兵如果在城頭「向下射尿」，只怕每一個人，不必建寧公主動手，就個個變成了吳應熊。

不過，情形雖然如此，韋公要射尿，要射水，豈可不射乎？就當那天的天氣特別回暖好了。諸葛之亮可以借風，韋小寶為何不可以恰逢暖流？不過，「只是天時實在太冷」一句，得酌情修改才好。

3

陳圓圓

韋小寶三聖庵見陳圓圓，那一大段文字，寫陳圓圓之美，真是寫到了極處。天下真有這樣的美女嗎？能有一個美女，到了四十開外，還能夠：

嫣然一笑，登時百媚橫生。

微笑時神光離合，愁苦時楚楚動人。

能夠一掩口淺笑，就「滿室皆是嬌媚」？

看這一大段，不禁令人悠然神往，陶醉在絕代美人的風情之中。難怪美刀王胡逸之要神魂顛倒，一至於此了。

從三聖庵的這一大段文字中，可以看出一點：陳圓圓是很喜歡吳三桂的。

韋小寶見了陳圓圓，失魂落魄之餘，衷心地道：

「你這樣美貌，吳三桂為了你投降大清，倒也怪他不得。倘若是我韋小寶，那也是要投降的。」

而陳圓圓聽了之後，起先以為韋小寶是在吃她的豆腐，繼而：

但見他神色儼然，才知他言出由衷。

韋小寶一生之中，講話而「神色儼然」，只怕也只此一遭，下不為例，所以連陳圓圓也：

微生知遇之感。

韋小寶只不過由衷地說了一句要為她而投降大清，並沒有做，陳圓圓就已經生出了知遇之感了。

而吳三桂是為她做了的，陳圓圓對吳三桂的知遇之感，豈不是更甚？

陳圓圓是有理由對吳三桂感激的，吳三桂也是陳圓圓真正的知己。陳圓圓是絕色美人，但絕色美人的內心世界，一樣是一個女人，和普通不絕色美人、美人、石美人、全不美人，都是一樣的。

任何女人，都是感性重於理性的，若是有男人肯為她犧牲，不論這個男人所做的事，多麼為天理國法所不容，多麼為人情歷史所唾棄，她都可以不論。她心中所想的只是：「他真的對我好！」

吳三桂為了陳圓圓，做出這樣的事來，陳圓圓的心中能不喜歡？

陳圓圓在唱吳梅村的詩，唱到「衝冠一怒為紅顏」之際，心中是高興、是驕傲，並不是傷感。韋小寶說吳三桂不是為了她才投降大清，陳圓圓當時下拜，說什麼「為賤妾分辨千古不白之冤」。其實，她心中對這個「不白之冤」，非但不以為忤，而且還高興得很，一個女人能有一個男人，為她做那麼大的決斷，一生夫復何憾？

所以，陳圓圓對吳三桂的看法是：

「我很感激他的情意。他是大漢奸也好，是大忠臣也好，總之他是對我一片真情，為了我，什麼都不顧了。除他之外，誰也沒這樣做過。」

而當李自成、吳三桂大決鬥，李自成佔了上風，眼看可以將吳三桂斃於杖下之際，陳圓圓就護住了他，說：

「當年他……他曾真心對我好過。」

陳圓圓對吳三桂是有情意的，而且深以吳三桂對她的真情為傲，這一點，當無影響。

而比較隱晦的是陳圓圓對李自成的感情。

陳圓圓在想及李自成的時候，並沒有什麼特別的思念，只有：

「他每天晚上陪著我的時候，總是很開心，笑得很響。他鼻鼾聲很大，常常半夜裏吵得我醒了過來。他手臂上、大腿上、胸口的毛真長，真多。我從來沒見過這樣的男人。」

以及後來，陳圓圓跟著吳三桂到了昆明，李自成忽然又在陳圓圓眼前出現。這一段，未曾細寫。陳圓圓那時並不住在王府，警衛可能不夠森嚴，所以吳三桂的頭上，就不免綠油油了。但其時，美刀王胡逸之一定在陳圓圓附近，李自成「天天晚上來陪」陳圓圓，胡逸之一點也不想干涉？在李自成每晚皆來之際，胡逸之的心中不知是什麼滋味。

回憶到這一段時，陳圓圓心中這樣想：

「唉，他對我的真情，比吳三桂要深得多罷？」

這一點，連陳圓圓自己也不敢肯定，所以在最後加了一個問號。

陳圓圓這樣的美女，凡男人見了，皆不免動心，但真正為了她而做出了驚天動地大事的，只有吳三桂一人，陳圓圓感到吳三桂對她最好，可是她又不由自主地比較傾向於喜歡李自成，那只怕和李自成精力過人這一點，有很大的關係。

陳圓圓准韋小寶叫她阿姨，韋小寶大喜，接著又說：

「我有了你這樣個好姪兒，可真歡喜死了。」

這段，稱呼上略有問題，「阿姨」對「外甥」，不對「姪兒」，對姪兒的應該是「姑姑」。

金庸小說中的女性，論美麗，陳圓圓該是第一了。

4

六個「古往今來第一」

在三聖庵中，還有一段妙文，牽涉到六個古往今來第一……的人物。

讀者諸君或者覺得奇怪，數來數去，只有五個古往今來第一人物，何來六個。

這六個是：

一、古往今來第一大反賊

二、古往今來第一大漢奸

三、古往今來第一武功大高手

四、古往今來第一大美人

五、古往今來第一小滑頭

數來數去，還是五個。

這第六個是：古往今來第一大小說家。

沒有這古往今來第一大小說家，如何讀得到《鹿鼎記》這樣的妙文！

5

九難的「連贏八場」

九難師太收韋小寶為徒，韋小寶笑道：

「師父收了我這個沒出息的徒兒，也算倒足了大霉……算是大輸一場。老天爺有眼，保祐師父以後連贏八場，再收八個威震天下的好徒兒。」

老天爺不但有眼，而且有耳，聽到了韋小寶的祈禱，果然給九難連贏了八場，收了八個大大有名的徒兒。這八個徒兒，就是著名的「明清八大俠」，其中最出名的有了因、白泰官、甘鳳池、呂四娘等人。

傳說中的明清八大俠，是獨臂神尼之徒，獨臂神尼是長平公主，也就是九難師太。

呂四娘恐怕不知道自己還有一個大師兄叫韋小寶？若是知道的話，在她幾次入清宮行刺雍正之際，是不是會去求助於韋小寶？還是她早已知道，只是怕韋小寶好色如命，幫她殺了雍正之後要來個「大功告成」，所以才不太敢去找他？這真要留待後世史學家去考證了！

6

安阜園中公案

建寧公主在安阜園閹割吳應熊，這一大段，看得人又是驚疑，又是好笑，其中有些地方，當真是情理所無，然而在作者生花妙筆之下，卻是趣味洋溢，誰也理會不得是不是情理所無了。

安阜園中的公案，一開始之際，韋小寶和建寧已在胡調了！（括弧中是本人評註。）

韋小寶摟住了她著意慰撫，在她耳邊說些輕薄話兒。（請注意慰撫之「撫」，此處不作安撫解，而作「撫摸」解，韋公在大唱「十八摸」了。）公主聽到情濃處，不禁雙頰暈紅，吃吃而笑。（笑是因為受不住呵癢乎。）韋小寶替她寬衣解帶，拉過棉被蓋住她赤裸的身子……

所以，後來吳應熊進房去的時候，建寧公主是沒有穿衣服的。吳應熊並不是笨人，他一進房，看到公主未曾穿衣，就立時應該退出。

而他不退出來的原因，唯一的可能，是一進去，就被公主用火槍指住了。這是公主說的話：

「我用火槍指住他，逼他脫光衣服……」

然而當時在外面的人，見到吳應熊進去之後，卻：

過了良久，始終不聞房中有何動靜。

在這「不聞動靜」的「良久」之中，又曾發生過什麼事情？只有韋小寶明白建寧的為人，心中曾想到過：

這騷貨甚麼事都做得出，是否自行去跟吳應熊親熱，那也難說得很。

吳應熊是否曾和公主親熱，不得而知，但根據公主自述經過，怎麼也要不了「良久」。而且這公主寢室的隔音設備一定極好，要公主尖叫，外面才會聽到。吳應熊被打暈、倒地，公主用槍指著他，喝令他脫衣服，在外面的人，始終未曾聽到一絲聲響。

最有趣的是，吳三桂這個老奸巨猾趕到，也真是急得六神無主了，以這個老滑頭，居然會天真地想：

「只盼公主年幼識淺，不明白男女之事……說不定她還以為天下男子都是這般的。」

吳三桂這樣一廂情願，真是情理所無，若不是真正急了，他絕不會這樣想，用這一段匪夷所思的想法，去形容為熱鍋上螞蟻一般的吳三桂，真是入木三分。

人到了真正著急的時候，往往會根據自己的意願，去設想一些絕無可能發生的妙想天開之事。奸猾如吳三桂，尚且不免，何況普通人。

安阜園中發生的事，旁人不知道，吳應熊自己自是心中雪亮。他和建寧在這事件之後，還做了一個時期的假夫妻，這兩人相對之際，不知怎麼過日子？

吳應熊身在北京，自然不敢將公主怎麼樣，但公主的日子，只怕還真不好過，難怪後來從韋小寶眼中看出來，她：

玉容清減，神色憔悴。

而其中最難得的是吳應熊，公主為什麼閹他，和韋小寶的關係為何，他也如吞了螢火蟲一樣，居然能忍到了在表面上半絲也不現出來的程度，當真是談何容易！他曾心中發過願：「拿住了你這小子，瞧我不把你千刀萬剮才怪。」不過，他沒有如願，賫志以沒。

在《我看》中，將建寧公主評為「中上人物」，觀乎她安阜園中的表現，她又似乎不單是喜歡男人，真是愛韋小寶的。不然，她可以和吳應熊做夫妻，享樂，不必做得如此決絕。

因此，可以升級。

建寧公主是上中人物。

7

遊戲文章

《鹿鼎記》的第一回，初看時，可以不看。這第一回，本來是「楔子」，作為楔子比較合式，因為第一回不好看，會將以後精采紛呈的妙文掩蓋了。

《鹿鼎記》全書，用遊戲筆法出之，偏偏第一回正經得可以。

《鹿鼎記》的遊戲筆法，金庸還唯恐讀者不明，要用按語來說明，請看下面兩段按語：

……但韋小寶其人參與此事，則俄人以此事不雅，有辱國體，史書中並無記載……以致此事湮沒。

條約上韋小寶之簽字怪不可辨，後世史家只識得索額圖和費要多羅之簽名，而考古學家如郭沫若之流僅識甲骨文字，不識尼布楚條約上所簽之「小」字，致令韋小寶大名湮沒。……古往今來，知世上曾有韋小寶其人者，惟「鹿鼎記」之讀者而已。本書記敘尼布楚條約之簽訂及內容，除涉及韋小寶者係補充史書遺漏之外，其餘皆根據歷史記載。

《鹿鼎記》全書，根據歷史記載所寫的，史料之豐富翔實，令人嘆為觀止，但涉及韋小寶的「補充史書遺漏」之頑皮遊戲處，不要說冬烘先生會瞠目結舌、心臟病發，就是普通比較保守一些的讀者，也要半天講不出話來。

然而，金庸硬是不肯說自己虛構，而是「補充史書遺漏」，當真是有趣之極。這是和歷史在開玩笑。真正追究起來，歷史材料又有多少是真實的？

自然，學生若是應付考試，答案寫上尼布楚條約是由韋小寶簽訂，那責任要自負，與任何人無關，連遊戲文章都看不明白，合該有點不幸臨頭。

從上面引用的兩段按語，和第一回的嚴肅文字加在一起看，可知金庸的寫作技巧是多麼高，文字在他的手下，要怎麼樣就怎麼樣，隨心所欲，至於極點。

《鹿鼎記》可以看的地方還極多，隨便翻翻，每段皆可提出來討論，如柳州城中賭館的那一場，就極其有趣，人物可說者也不知多少，可是一本書八萬字的字數已夠，只好留待以後的機會了。

《鹿鼎記》在金庸作品中，排名第一。

一九八一・十一・六　香港

——後記——

古今中外，空前絕後

既有前言，不可沒有後語。

時間過得快，《我看》寫於一九八〇年六月，《再看》是同年十二月，《三看》竟然隔了十四個月有多，倒很出乎自己的意料之外，或許是由於俗務實在太忙之故。

《我看》、《再看》都有相當讀者，且常聽得人說「買不到書」，這倒真令人高興。

在各方面的反應之中，有口頭的，也有文字的，最長的一篇，是〈我看《我看金庸小說》〉，作者是名「笑傲樓主」，不知何許人也，發表在台灣的《書評書目》雜誌之上，文字流暢生動，十分妙趣。

笑傲樓主莫非特別喜歡《笑傲江湖》？在《三看》中，《笑傲江湖》佔了重要的篇幅，當可引起樓主的另一番議論。

台灣《民生報》副刊、聯經出版公司的編輯薛興國先生，去年已開始寫金庸小說的評論，但至今未曾出版（編按：本書已出版，書名為《通宵達旦讀金庸》），真叫人脖子等長。

還有幾點值得一提。

◆十歲金迷段數高強

在港台兩地，和不少朋友談論過金庸小說，其中最愉快的一次，是和李衣雲小姐共談金庸小說。

一般來說，提起金庸小說，當然都是看過的多，偶然有表示未看過金庸小說的，就會感到沒有東西可提之感。當然，閒談的範圍，扯天說地，不知凡幾，若只是談金庸小說，未免太狹窄了些。但是一想到這位先生，或是這位女士，連金庸小說也未曾看過，可以肯定，一定不怎麼喜歡看小說，除非另有專題的興趣，不然，興趣範圍一定也不會很廣，談話的範圍自然也窄了很多，不會那麼有趣。

而且，金庸小說中的一些人物、情節，都已為大家耳熟能詳，成為隨口而出的一種「典故」了。例如提到某種人，會說：這個人，真是岳不羣；或說：這個人，是段正淳。提到某種事，會說：這等於陳家洛勸乾隆，等等。大家都能意會，不必再詳加說明，閒談自然在一種極融洽的氣氛中進行。碰到不知岳不羣、段正淳為何人的，當然煞風景之極了。

話說回頭，那位李衣雲小姐，真是特出之極。遇到的金庸小說迷甚多，但因為本人的段數比較高，傾談之下，每有對手實在太弱之感，背誦如流的人物，精湛獨到的見解，經常也就不想發揮，因為發揮了，傾談的對象也未必明白，頗有「俏媚眼做給瞎子看」之恨。然而一見李小姐，此恨全消，李小姐對金庸小說著迷的程度，看金庸小說的程度之深，段數之高，一席深談，幾乎令得本人也敗下陣來。

那次聚會還有不少其他朋友，但席間只聽得兩個人你一言我一語，說個不停，而全是在金庸小說上做題目，一提到喬峯是好漢，各自歡欣鼓舞；一提到阿紫之可惡，又咬牙切齒；提到楊過的情痴，擊桌惋惜。真是有趣之極。

李小姐是李永熾教授的女兒，與之拜談會晤之際，芳齡才十歲，升五年級。在這裡，忽然又想到一個問題。一般老師、家長，都視小說——尤其是武俠小說——為妨礙學業的洪水猛獸，彷彿青少年一旦看了武俠小說，就必然不可藥救，再無前途可言一樣。而李衣雲，這可愛的小女孩，就粉碎了這種夢幻的假定。曾特地詢問她學業如何？答案是極好。

李衣雲好勝心極強，一再發言：要把你整死！意即一定要在金庸小說之中，找出別人答不上來的問題來考一下本人的段數。當其時世，真是緊張得可以，全神貫注，盡量將胸中的金庸小說一起維持開來，當年面臨種種考試，皆讀學置之，從來也沒有這樣緊張過。因為招牌在外，一旦被砸，而且被砸在一個十歲小女孩手裡，可沒面目見江東父老，要像崔百泉一樣改名換姓，去當帳房先生了。

有幸，問題雖為連珠炮般發來，而且要多冷門有多冷門，有些只怕連原作者都答不上來，但還是一一應付。等到氣喘甫定，才以長輩姿態教曰，不要把我整死，要是沒有了對手，那多寂寞，像獨孤求敗一樣，空有一世神功，落得個寂寞終生！

少女極可能不明白這個道理，但這卻是十分明淺的道理：千方百計想將仇敵置死，或千方百計想超越某個人，過程之中，可能充滿了競爭的刺激，但一旦目的已達，所感到的，只是一片惘然而已。人生，有時只是為追求目的，追求到了又怎麼樣，沒有人說得上來，追求某種目的過程，已經是人生了。

青少年問題，和成年人有所不同，例如阿朱，李衣雲就以「太傻」來形容。詳詳細細和李衣雲對談金庸小說，記錄下來，可以成為另一本「金學研究」。諸大作家曾紛作豪語，要寫金學研究，至今未見有任何實踐諾言者，如今已大致可以肯定，不是「太忙」，而是寫不出來，有趣的是小女孩，有一大半意見可以發表。

金庸小說真是那麼難懂，以致看了之後，雖然歡喜，但是一到要提筆寫寫觀感心得，就有下筆維艱之苦？這倒真是很考人的問題，像本人那樣，一看再看三看之後，還可以揮筆自如，四看五看下去，那也真足以自豪一番了。

◆金庸小說空前絕後

「古今中外，空前絕後」這八個字，是本人對金庸小說的評語，有不同意的，大都是不同意最後兩個字，理由是：以後的事，你怎麼可以肯定？

未來的事，有許多是不能肯定的，但絕對不是全部不能肯定，也有一些是可以肯定的，例如：在地球上居住的人，絕不可能看到天上出現八個同樣大小的月亮之類。

（就算有朝一日，天體發生變化，地球多了七個衛星，在這樣劇烈的天體變化之中，地球上的人早已死絕，所以可以肯定。）

武俠小說的將來，也是可以肯定的一件事，因為武俠小說的寫作，是小說創作中最難的一環，需要有一種特殊的才能，而這種特殊的才能，需要環境的培育，諸如社會風氣、教育程度和方式、對中國古代文史的認識、小說中人物獨特的性格等等而成。從時代的變遷來看，這種培育的環境正在迅速過去，也就是說，產生傑出武俠小說家的條件，正在迅速減弱，越往後，機會越少，這種機會減少的速度，幾乎以幾何級數在進行。不信？試看自古龍以後，是不是有新的、傑出的武俠小說作者出現？一直沒有，而時間已經十多年了。

此後，或許由於偶然的因素，有一兩個極突出的小說奇才，會帶給我們好的武俠小說，但是要達到金庸的這一地步，也絕無可能。因為產生金庸這樣偉大的武俠小說家的時代，已經過去了。一個人的成就無論如何大，都無法突破時代的局限。

有不同意八字評語的，不妨對武俠小說這種獨特的小說形式，多留意研究，就可以知道這所言非虛了。

◆成年人與知識份子的熱情

一九八一年九月，香港有人將金庸小說搬上了舞台，演話劇（粵語），取的是《天龍八部》中的一段，劇名《喬峯》，導演是盧景文先生。

雖然久仰盧景文先生大才，但一聽到這個消息，也不禁揑一把汗，需要什麼樣的功力，才能夠把喬峯弄到舞台上去；只要稍有不慎，喬峯的形象就受到破壞，畫虎不成反類犬，天下再也沒有比這個更糟糕的事情了。

而且，喬峯在讀者的印象之中，是個天神一樣的人物，一出場講粵語，豈不是滑稽？

《喬峯》上演之日，恰好是生活之中，發生有生以來第二次鉅變之際，慘痛憂慮，交相煎熬，自然沒有這個雅興再去觀劇。首演之日，金庸是座上客，看完之後來寒舍，對之讚不絕口。

後來，又陸續看了一些有關《喬峯》的評論，有提及在舞台上打鬥，竟有電影慢動作方式演出者。這其實只不過是花巧，真正重要的是在《喬峯》一劇中，喬峯這個角色，究竟怎樣了。

各方面的意見全是：「滿意。」「好。」

連原作者金庸都滿意了，那自然是好的，導演盧景文先生成功了。

據知，當《喬峯》散場之後、演員謝幕之後，在台上宣布：原作者金庸先生在座。全場觀眾開始熱烈鼓掌，掌聲持續達兩分鐘之久。

這是極令人驚奇的現象。香港人對偶像沒有什麼崇拜狂，一般來說，其表現相當冷漠。但是金庸卻在喜歡他作品的讀者中突破了這一點。數以千計的香港人，大家心悅誠服地鼓掌，對一個人表示他們的愛意、敬意，達兩分鐘之久，這簡直是不可思議的事。除了金庸之外，真正想不出有什麼人可以有這樣的魅力。

而且，這情形和一般「影迷俱樂部」不同，在影迷俱樂部中所表現的熱情，是少年式的熱情。對金庸的由衷敬佩，是成年人或知識份子深思熟慮後的後果。

《一看》、《二看》、《三看》，對金庸小說推崇備至，由此可知，也不是一個人的意見，書的銷路大好，自然也是共鳴者多的緣故。知道了這個事實之後，心中高興莫名。

一位小說家可以得到群眾這樣的敬佩，只怕中國有史以來，也算是空前了吧？

◆任何地方都受歡迎

金庸收到的各種各樣讀者來信極多，在昆明，有一位說書先生，給了他一封信。這位說書先生，不知道從哪裡弄到了一部《倚天屠龍記》，於是就開始說，大家歡迎之餘，寫信向金庸要其他的作品。

金庸小說，如果放在一個說故事技巧好的人手裡，由這個人用說書、說故事的形式表達出來，絕對比將他的小說搬上銀幕、螢幕，更加過癮。而且，每一部都可以說上三年五載。

像《倚天屠龍記》，如果經說書先生加油添醬一番，以每天說一小時計，只怕十年八年也講不完，而且保證每天趣味盎然。連「小姐下樓梯」都可以下一個月，石秀跳樓劫法場都可以跳上十天八天，《倚天屠龍記》十年八年，講得完嗎？那位說書先生有了《倚天》，還想要別的，不是他說書技巧不夠好，就是太貪心了！

金庸小說，放在任何地方，都會受到歡迎，又得到了一個證明。

一九八一年十二月十九日校訂，台北

——附錄——

韋小寶這小傢伙！

金庸

一

人的性格很複雜。

平常所說的人性、民族性、階級性、好人、壞人等等，都是極籠統的說法。一個家庭中的兄弟姊妹，秉受同樣遺傳，在同樣的環境中成長，即使在幼小之時，性格已有極大分別。這是許許多多人共同的經驗。

我個人的看法，小說主要是在寫人物，寫感情，故事與環境只是表現人物與感情的手段，感情較有共同性，歡樂、悲哀、憤怒、惆悵、愛戀、憎恨等等，雖然強度、深度、層次、轉換，千變萬化，但中外古今，大致上是差不多的。

人的性格卻每個人都不同，這就是所謂個性。

羅密歐與茱麗葉，梁山伯與祝英台，賈寶玉與林黛玉，他們深摯與熱烈的愛情區別並不太大。然而羅密歐、梁山伯、賈寶玉三個人之間，茱麗葉、祝英台、林黛玉三個人之間，性格上的差別簡直千言萬語也說不完。

西洋戲劇的研究者分析，戲劇與小說的情節，基本上只有三十六種。也可以說，人生的戲劇很難越得出這三十六種變型。然而過去已有千千萬萬種戲劇與小說寫了出來，今後仍會有千千萬萬種新的戲劇上演，有千千萬萬種小說發表。人們並不會因情節的重複而感到厭倦。

因為戲劇與小說中人物的個性並不相同。當然，作者表現的方式和手法也各有不同。作者的風格，是作者個性的一部分。

二

小說反映作者的經驗與想像。有些作者以寫自己的經驗為主，包括對旁人的觀察；有些以寫自己的想像為主，但也總有一些直接與間接的經驗。武俠小說主要依賴想像，其中的人情世故、性格感情卻總與經驗與觀察有關。

詩人與音樂家有很多神童，他們主要抒寫自己的感情，不一定需要經歷與觀察。小說家與畫家通常是年紀比較大的人。當然，像屈原、杜甫那些感情深厚、內容豐富的詩篇，神童是決計寫不出的。

小說家的第一部作品，通常與他自己有關，或者，寫的是他最熟悉的事物。到了後期，生活的經歷複雜了，小說的內容也會複雜起來。

我的第一部小說《書劍恩仇錄》，寫的是我小時候在故鄉聽得熟了的傳說——乾隆皇帝是漢人的兒子。陳家洛這樣的性格，知識份子中很多。杭州與海寧是我的故鄉。《鹿鼎記》是我到現在為止的最後一部小說，所寫的生活是我完全不熟悉的，妓院、皇宮、朝廷、荒島……，人物也是我完全不熟悉的，韋小寶這樣的市井小流氓，我一生之中從來沒有遇到過半個。揚州我從來沒到過。

我一定是將觀察到、體驗到的許許多多的人的性格，主要是中國人的性格，融在韋小寶身上了。

他性格的主要特徵是適應環境，講義氣。

三

中國的自然條件並不好，耕地缺乏而人口極多。然而中華民族是今日世界上唯一留存的古民族，埃及、印度、希臘、羅馬等等古代偉大的民族早已消失了。中國人在極艱苦的生存競爭中掙扎下來，至今仍保持著充分活力，而且是全世界人口最多的民族，當然是有重大原因的。從生物學和人類學的理論來看，大概主要是由於我們最善於適應環境。

最善於適應環境的人，不一定是道德最高尚的人。遺憾得很，高尚的人在生存的競爭中往往是失敗者。

中國歷史上充滿了高尚者被卑鄙者殺害的記載，這使人讀來很不愉快。然而事實是這樣，儘管，寫歷史的人通常早已將勝利者盡可能的寫得不怎麼卑鄙。歷史並不像人們所希望的那樣，是好人得到最後勝利。宋高宗與秦檜殺了岳飛，而不是岳飛殺了秦檜。有些大人物很了不起，但他們取得勝利的手法卻不怎麼高尚，例如唐太宗殺了哥哥、弟弟而取得帝位，雖然他的哥哥、弟弟不見得比他更高尚。

中國歷史中又充滿了漢人屠殺少數民族的記載，使用的手段常常很不公道。我們有一種習慣，在和外族鬥爭中，只要是漢人做的事，都是應當受到讚揚的。班超偷襲匈奴使者，所用的方式在今日看來簡直匪夷所思，等於中國駐印大使率領館員，將蘇聯駐新德里大使館放火燒了，殺盡蘇聯大使館人員，嚇得印度和中國訂立友好條約，於是中國大使成為百世傳頌的民族英雄。

其他國家的歷史其實也差不多。英國、俄國、法國等等不用說了。在美國，印第安人的道德不知比美國白人高出了多少。

從國家民族的立場來說，凡是有利於本國民族的，都是道德崇高的事。但人類一致公認的公義和是非畢竟還是有的。

值得安慰的是，人類在進步，政治鬥爭的手段越來越文明，卑鄙的程度總體來說是在減少。大眾傳播媒介在發揮集體的道德制裁作用。從歷史觀點來看，今日的人類遠比過去高尚，比較不這麼殘忍，不這麼不擇手段。

四

道德是文明的產物。野蠻人之間沒有道德。

韋小寶自小在妓院中生長，妓院是最不注重道德的地方；後來進了皇宮，皇宮又是一個最不講道德的地方。在教養上，他是一個文明社會中的野蠻人。為了求生存和取得勝利，對於他沒有什麼是不可做的，偷搶拐騙，吹牛拍馬，什麼都幹。做這些壞事的時候，他從來不覺得良心有什麼不安，他根本不以為這些是壞事，做來心安理得之至。吃人部落中的蠻人，絕不會以為吃人肉有什麼不應該。

韋小寶不識字，孔子與孟子所教導的道德，他從來沒聽見過。

然而孔孟思想影響了整個中國社會，或者，孔子與孟子是歸納與提煉了中國人思想中美好的部分，有系統的說了出來。韋小寶生活在中國人的社會中，即使是市井和皇宮中的野蠻人，他也要交朋友，自然而然會接受中國社會中所公認的道德。尤其是，他加入天地會後，接受了中國江湖人物的道德觀念。不過這些道德規範與士大夫、讀書人所信奉的那一套不同。

士大夫懂的道德很多，做得很少。江湖人物信奉的道德極少，但只要信奉，通常不敢違反。江湖上唯一重視的道德是義氣，「義氣」兩字，從春秋戰國以來，任何在社會上做事的人沒有一個敢忽視。

中國社會中另一項普遍受重視的是情，人情的情。

五

注重「人情」和「義氣」是中國傳統社會中的特點，尤其是在民間與下層社會中。

統治者講究「原則」。「忠」是服從和愛戴統治者的原則；「孝」是確定家長權威的原則；「禮」是維繫社會秩序的原則；「法」是執行統治者所定規律的原則。對於統治階層，忠孝禮法的原則神聖不可侵犯。皇帝是國家的化身，「忠君」與「愛國」之間可以畫上等號。

「孝」本來是敬愛父母的天性，但統治者過分重視提倡，使之成為固定社會秩序的權威象徵，在自然之愛上，附加了許多僵硬的規條。「孝道」與「禮法」結合，變成敬畏多於愛慕。在中國的傳統文學作品中，描寫母愛的甚多而寫父愛的極少。稱自己父親為「家嚴」，稱母親為「家慈」，甚至正式稱呼中，也確定父嚴母慈是應有的品格。似乎直到朱自清寫出〈背影〉，我們才有一篇描述父愛的動人作品。「忠孝」兩字並稱之後，「孝」的德行被統治者過分強調，被剝奪了其中若干可親的成分。漢朝以「孝」與「廉」兩種德行來選拔人才，直到清末，舉人仍被稱為「孝廉」。

在民間的觀念中，「無法無天」可以容忍，甚至於，「無法無天」蔑視權威與規律，往往有一些英雄好漢的含義。但「無情無義」絕對沒有，被摒絕於社會之外。

甚至於「無賴無恥」的人也有朋友，只要他講義氣。

「法」是政治規律，「天」是自然規律，「無法無天」是不遵守政治規律與自然規律；「無賴無恥」是不遵守社會規律。但在中國傳統社會中，「情義」是最重要的社會規律，「無情無義」的人是最大的壞人。

傳統的中國人不太重視原則，而十分重視情義。

六

重視情義當然是好事。

中華民族所以歷數千年而不斷壯大，在生存競爭中始終保持活力，給外族壓倒之後一次又一次的站起來，或許與我們重視情義有重大關係。

古今中外的哲人中，孔子是最反對教條、最重視實際的。所謂「聖之時者也」，就是善於適應環境、不拘泥教條的聖人。孔子是充分體現中國人性格的偉大人物。

孔子哲學的根本思想是「仁」，那是在現實的日常生活中好好對待別人，由此而求得一切大小團體（家庭、鄉里、邦國）中的和諧與團結，「人情」是「仁」的一部分。孟子哲學的根本思想是「義」。那是一切行為以「合理」為目標，合理是對得住自己，也對得住別人。對得住自己很容易，要旨在於不能對不起人，尤其不能對不起朋友。

所謂「在家靠父母，出門靠朋友」，父母和朋友是人生道路上的兩大支柱。所以「朋友」與「君臣、父子、兄弟、夫婦」的關係並列，是「五倫」之一，是五大人際關係中的一種。西方社會、波斯、印度社會並沒有將朋友的關係提到這樣高的地位，他們更重視的是宗教，是神與人之間的關係。

一個人群和諧團結，互相愛護，在環境發生變化時盡量採取合理的方式來與之適應，這樣的一個人群，在與別的人群鬥爭之時，自然無往而不利，歷久而常勝。

古代無數勇武強悍、組織緊密、紀律森嚴、刻苦奮發的民族所以一個個在歷史上消失，從此影蹤不見，主要是他們的社會缺乏彈性，在社會教條或宗教教條下僵化了。沒有彈性的社會，變成了殭屍式的社會。再兇猛剽悍的殭屍，畢竟是殭屍，終究會倒下去的。

七

中國的古典小說基本上是反教條、反權威的。

《紅樓夢》反對科舉功名，反對父母之命的婚姻，頌揚自由戀愛，是對當時正統思想的叛逆。《水滸傳》中的英雄殺人放火，打家劫舍，雖然最後招安，但整部書寫的是殺官造反，反抗朝廷。《西遊記》中最精采的部分是寫孫悟空大鬧天宮，反抗玉皇大帝。《三國演義》寫的是歷史故事，然而基本主題是「義氣」而不是「正統」。《封神榜》作為小說並不重要，但對民間的思想風俗影響極大，寫的是武王伐紂，「天下者非一人之天下，惟有德者居之」，最精采部分是寫哪吒反抗父親的權威。《金瓶梅》描寫人性中的醜惡（孫述宇先生精闢的分析指出，主要是刻劃人性的基本貪、嗔、痴三毒），與「人之初，性本善」的正統思想相反。《三俠五義》中最精采的人物是反朝廷時期的白玉堂，而不是為官府服務的御貓展昭。

武俠小說基本上承繼了中國古典小說的傳統。

武俠小說所以受到中國讀者的普遍歡迎，原因之一是，其中根本的道德觀念，是中國人大眾所普遍同意的。武俠小說又稱為俠義小說。「俠」是對不公道的事激烈反抗，尤其是指為了平反旁人所受的不公道而努力。西方人重視爭取自己的權利，這並不是中國人意義中的「俠」。「義」是重視人與人之間的感情，往往具有犧牲自己的含義。「武」則是以暴力來反抗不合正義的暴力。中國人向來喜歡小說中重視義氣的人物。在正史上，關羽的品格、才能與諸葛亮相差極遠，然而在民間，關羽是到處受人膜拜的「正神」「大帝」，諸葛亮不過是個十分聰明的人物而已。因為在《三國演義》中，關羽是義氣的象徵而諸葛亮只是智慧的象徵，中國人認為，義氣比智慧重要得多。《水滸傳》中武松、李逵、魯智深等人既粗暴，又殘忍，破壞一切規範，那不要緊，他們講義氣，所以是英雄。許多評論家常常表示不明白，宋江不文不武，猥瑣小吏，為什麼眾家英雄敬之服之，推之為領袖？其實理由很簡單，宋江講義氣。

「義氣」在中國人道德觀念中非常重要。不忠於皇帝朝廷，造反起義，那是可以的，因為中國人的反叛性很強。打僧謗佛，咒道罵尼，那是可以的，因為中國人不太重視宗教。偷竊、搶劫、謀殺、通姦、殘暴等等罪行，中國民間對之憎厭的程度，一般不及外國社會中之強烈。但不孝父母絕對不可以，出賣朋友也絕對不可以。從社會學的觀念來看，「孝道」對繁衍種族、維持社會秩序有重要作用；「義氣」對忠誠團結、進行生存競爭有重要作用。「人情」對消除內部矛盾、緩和內部衝突有重要作用。

同樣是描寫幫會的小說，西洋小說中的《教父》、《天使的憤怒》等等中，黑手黨的領袖，可以毫無顧忌的殘殺自己同黨兄弟，這在中國的小說中決計不會出現，因為中國人講義氣，絕對不能接受。法國大小說家雨果《悲慘世界》中那個只重法律而不顧情義的警察，中國人也絕對不能接受。

士大夫也並非不重視義氣。《左傳》、《戰國策》、《史記》等史書中記載了不少朋友之間重義氣的史實，予以歌頌讚美。

西漢呂后當政時，諸呂想篡奪劉氏的權位，陳平與周勃謀平諸呂之亂。那時呂祿掌握兵權，他的好朋友酈寄騙他出遊而解除兵權，終於盡誅諸呂。誅滅諸呂是天下人心大快的事，猶如今日的撲滅「四人幫」，但當時大多數人竟然責備酈寄出賣朋友（《漢書》：「天下以酈寄為賣友。」），這種責備顯然並不公平，將朋友交情放在「政治大義」之上。不過「朋友絕不可出賣」的觀念，在中國人心中確是根深蒂固，牢不可拔。

至於為了父母而違犯國法，傳統上更認為天經地義。儒家有一個有名的論題：舜的父親如果犯了重罪，大法官皋陶依法行事，要處以極刑，身居帝位的舜怎麼辦？標準答案是：舜應當棄了帝位，背負父親逃走。

「大義滅親」這句話只是說說好聽的，向來極重親情、人情的中國人很少真的照做。倒是「法律不外乎人情」、「情理法兼顧」的話說得更加振振有詞，說是「兼顧」，實質是重情不重法。

中國人的傳統觀念中，「情」總比「法」重要。諸葛亮揮淚斬馬謖雖得人稱道，但如他不揮淚，評價就大大不同了，重點似乎是在「揮捩」而不在「斬」。

八

一個民族的生存與興旺，真正基本畢竟在於生產。中華民族所以歷久常存，基礎建立在極大多數人民勤勞節儉，能自己生產足夠的生活資料。一個民族不可能依靠掠奪別人的生產成果而長期保持生存，更不可能由此而偉大。許多掠奪性的民族所以在歷史上曇花一現，生產能力不強是根本原因。

民族的生存競爭首先是在自己能養活自己，其次才是抵禦外來的侵犯。生產是長期性的、沒有什麼戲劇意味的事，雖然是生存的基本，卻不適宜於作為小說的題材，尤其不能作武俠小說的題材。

少數人無法無天不要緊，但如整個社會都無法無天，一切規範律則全部破壞，這個社會絕不可能長期存在。然而風調雨順、國泰民安的情景不適宜作為小說的題材，正如男婚女嫁、養兒育女的正常家庭生活不適宜作小說的題材。（托爾斯泰小說《安娜．卡列尼娜》的第一句是：「幸福的家庭都是相似的；不幸的家庭各有各的不幸。」他寫的是不幸的家庭。）但如全世界的男人都如羅密歐，全世界的女人都如林黛玉，人類就絕種了。

小說中所寫的，通常是特異的、不正常的事件與人物。武俠小說尤其是這樣。

武俠小說中的人物，絕不是故意與中國的傳統道德唱反調。路見不平，拔刀相助，是出於惻隱之心；除暴安良，鋤奸誅惡，是出於公義之心；氣節凜然，有所不為，是出於羞惡之心；挺身赴難，以直報怨，是出於是非之心。武俠小說中的道德觀，通常是反正統，而不是反傳統。

正統是只有統治者才重視的觀念，不一定與人民大眾的傳統觀念相符。韓非指責「儒以文亂法，俠以武犯禁」，是站在統治者的立場，指責儒家號召仁愛與人情，擾亂了嚴峻的統治，俠者以暴力為手段，干犯了當局的鎮壓手段。

古典小說的傳統，也即是武俠小說所接受的傳統，主要是民間的，常常與官府處於對立地位。

九

武俠小說的背景主要都是古代社會。拳腳刀劍在機關槍、手槍之前毫無用處，這固然是主要原因。另一個重要原因是，現代社會的利益，是要求法律與秩序，而不是破壞法律與秩序。

武俠小說中英雄的各種行動——個人以暴力來自行執行「法律正義」，殺死官吏，組織非法幫會，劫獄，綁架，搶劫等等，在現代是反社會的，不符合人民大眾的利益。這等於是恐怖份子的活動，極少有人會予同情，除非是心智不正常的人。因為在現代正常的國家中，人民與政府是一體，至少理論上是如此，事實上當然不一定。

古代社會中俠盜羅賓漢、梁山泊好漢的行徑對人民大眾有利，施之於現代社會中卻對人民大眾不利。除非是為了反抗外族侵略者的佔領，或者是反對極端暴虐、不人道、與大多數人民為敵的專制統治者。

幸好，人們閱讀武俠小說，只是精神上有一種「擁護正義」的感情，從來沒有哪一個天真的讀者去模倣小說中英雄的具體行動。說讀了武俠小說的孩子會入山拜師練武，這種說法或事蹟，也幾十年沒聽見了。大概，現代的孩子都聰明了，知道就算練成了武功，也敵不過一枝手槍，也不必這樣辛苦的到深山中去拜師了。

十

我沒有企圖在《鹿鼎記》中描寫中國人的一切性格，非但沒有這樣的才能，事實上也絕不可能。只是在韋小寶身上，重點的突出了他善於適應環境與講義氣兩個特點。

這兩個特點，一般外國人沒有這樣顯著。

善於適應環境，在生存競爭上是優點，在道德上可以是善的，也可以是惡的。就韋小寶而言，他大多數行動絕不能值得讚揚，不過在清初那樣的社會中，這種行動對他很有利。

如果換了一個不同環境，假如說在現代的瑞士、芬蘭、瑞典、挪威這些國家，法律相當公道而嚴明，社會的制裁力量很強，投機取巧的結果通常很糟糕，規規矩矩遠比為非作歹有利，韋小寶那樣的人移民過去，相信他為了適應環境，會選擇規規矩矩的生活。雖然，很難想像韋小寶居然會規規矩矩。

在某一個社會中，如果貪污、作弊、行騙、犯法的結果比潔身自愛更有利，應當改造的是這個社會和制度。小說中如果描寫這樣的故事，譴責的也主要是社會與制度，就像《官場現形記》等等小說一樣。

十一

中國人的重視人情與義氣，使我們在生活中平添不少溫暖。在艱難和貧窮的環境中，如果大家再互相敵視，在人與人的關係中充滿了冷酷與憎恨，這樣的生活很難過得下去。

在物質條件豐裕的城市中可以不講人情、不講義氣，生活當然無聊乏味，然而還活得下去。在貧乏的農業社會中，人情是必要的。在風波險惡的江湖上，義氣是至高無上的道德要求。

然而人情與義氣講到了不顧原則，許多惡習氣相應而生。中國政治一直不能上軌道，與中國人太講人情義氣有直接關連。拉關係、組山頭、裙帶風、不重才能而重親誼故舊、走後門、不講公德、枉法舞弊、隱瞞親友的過失……，合理的人情義氣固然要講，不合理的損害公益的人情義氣也講。結果是一團烏煙瘴氣，「韋小寶作風」籠罩了整個社會。

對於中國目前的處境，「韋小寶作風」還是少一點為妙。然而像西方社會中那樣，連父母與成年子女之間也沒有多大人情好講，一切公事公辦，絲毫不能通融，只有法律，沒有人情；只講原則，不顧義氣，是不是又太冷酷了一點呢？韋小寶如果變成了鐵面無私的包龍圖，又有什麼好玩呢？

小說的任務並不是為任何問題提供答案，只是敘述在那樣的社會中，有那樣的人物，他們怎樣行動，怎樣思想，怎樣悲哀與歡喜。

十二

以上是我在想到韋小寶這小傢伙時的一些拉雜感想。

坦白說，在我寫作《鹿鼎記》時，完全沒有想到這些。在最初寫作的幾個月中，甚至韋小寶是什麼性格也沒有成型，他是慢慢、慢慢的自己成長的。

在我的經驗中，每部小說的主要人物在初寫時都只是一個簡單的、模糊的影子，故事漸漸開展，人物也漸漸明朗起來。

我事先一點也沒有想到，要在《鹿鼎記》中著力刻劃韋小寶善於（不擇手段地）適應環境和注重義氣這兩個特點，不知怎樣，這兩種主要性格在這個小流氓身上顯現出來了。

朋友們喜歡談韋小寶。在台北一次座談會中，本意是討論「金庸小說」，結果四分之三的時間都用來辯論韋小寶的性格。不少讀者問到我的意見，於是我自己也來想想，試圖分析一下。

這裡的分析半點也沒有「權威性」，因為這是事後的感想，與寫作時的計畫和心情全然無關。我寫小說，除了布局、史實的研究與描寫之外，主要是純感情性的，與理智的分析沒有多大關係，因為我從來不想在哪一部小說中，故意表現怎麼樣一個主題。如果讀者覺得其中有什麼主題，那是不知不覺間自然形成的。相信讀者自己所做的結論，互相間也不太相同。

從《書劍恩仇錄》到《鹿鼎記》，這十幾部小說中，我感到關切的只是人物與感情。韋小寶並不是感情深切的人。《鹿鼎記》並不是一部重情的書。其中所寫的比較特殊的感情，是康熙與韋小寶之間君臣的情誼，既有矛盾衝突，又有情誼友愛的複雜感情，這在別的小說中似乎沒有人寫過。

韋小寶的身上有許多中國人普遍的優點與缺點，但韋小寶當然並不是中國人的典型。民族性是一種廣泛的觀念，而韋小寶是獨特的、具有個性的一個人。劉備、關羽、諸葛亮、曹操、阿Q、林黛玉等等身上都有中國人的某些特性，但都不能說是中國人的典型。中國人的性格太複雜了，一萬部小說也寫不完的。孫悟空、豬八戒、沙僧他們都不是人，但他們身上也有中國人的某些特性，因為寫這些「妖精」的人是中國人。

這些意見，本來簡單的寫在《鹿鼎記》的〈後記〉中，但後來覺得作者不該多談自己的作品，這徒然妨礙讀者自行判斷的樂趣，所以寫好後又刪掉了。何況作者對於自己所創造的人物，總有偏愛。「癩痢頭兒子自家好」，不可能有比較理性的分析。事實上，我寫《鹿鼎記》寫了五分之一，便已把「韋小寶這小傢伙」當作了好朋友，多所縱容，頗加袒護，中國人重情不重理的壞習氣發作了。因編者索稿，而寫好了的文字又不大捨得拋棄，於是略加增益，以供談助。匆匆成篇，想得並不周到。

原載一九八一年十月號《明報月刊》
一九八一年十二月三、四日《中國時報》

三看金庸小說 / 倪匡 著. -- 三版. -- 臺北市：
遠流出版事業股份有限公司, 2024.09
面；　公分
ISBN 978-626-361-856-5（平裝）

1. CST : 金庸　2. CST : 武俠小說
3. CST : 文學評論

857.9　　113011130

三看金庸小說

作者 / 倪匡

副總編輯 / 鄭祥琳
主編 / 陳懿文
校對 / 萬淑香
美術設計 / 謝佳穎
排版 / 中原造像股份有限公司
行銷企劃 / 廖宏霖
出版一部總編輯暨總監 / 王明雪

發行人 / 王榮文
出版發行 / 遠流出版事業股份有限公司
地址 / 104005 臺北市中山北路一段 11 號 13 樓
電話 / (02)2571-0297　傳真 / (02)2571-0197　郵撥 / 0189456-1
著作權顧問 / 蕭雄淋律師

1987 年 3 月 1 日　遠流一版
2024 年 9 月 1 日　三版一刷
定價 / 新臺幣 360 元 (缺頁或破損的書，請寄回更換)

ISBN 978-626-361-856-5

遠流博識網 http://www.ylib.com E-mail: ylib@ylib.com
金庸茶館粉絲團 https://www.facebook.com/jinyongteahouse